네피림

- Nephilim -

네피림

발행일	2018년 7월 18일		
지은이	황 선 혁		
펴낸이	손 형 국		
펴낸곳	(주)북랩		
편집인	선일영	편집	권혁신, 오경진, 최예은, 최승헌, 김경무
디자인	이현수, 허지혜, 김민하, 한수희, 김윤주	제작	박기성, 황동현, 구성우, 정성배
마케팅	김회란, 박진관, 조하라		
출판등록	2004. 12. 1(제2012-000051호)		
주소	서울시 금천구 가산디지털 1로 168, 우림라이온스밸리 B동 B113, 114호		
홈페이지	www.book.co.kr		
전화번호	(02)2026-5777	팩스	(02)2026-5747

ISBN   979-11-6299-223-4 03810(종이책)   979-11-6299-224-1 05810(전자책)

이 도서의 국립중앙도서관 출판예정도서목록(CIP)은 서지정보유통지원시스템 홈페이지(http://seoji.nl.go.kr)와
국가자료공동목록시스템(http://www.nl.go.kr/kolisnet)에서 이용하실 수 있습니다.

황선혁 장편 SF 소설

네피림
-Nephilim-

인공지능과 유전자조작으로 탄생한 제3의 인류 '네피림'

드디어, 한반도의 위기는 그들로부터 시작되었다

북랩 book Lab

Contencts

프롤로그

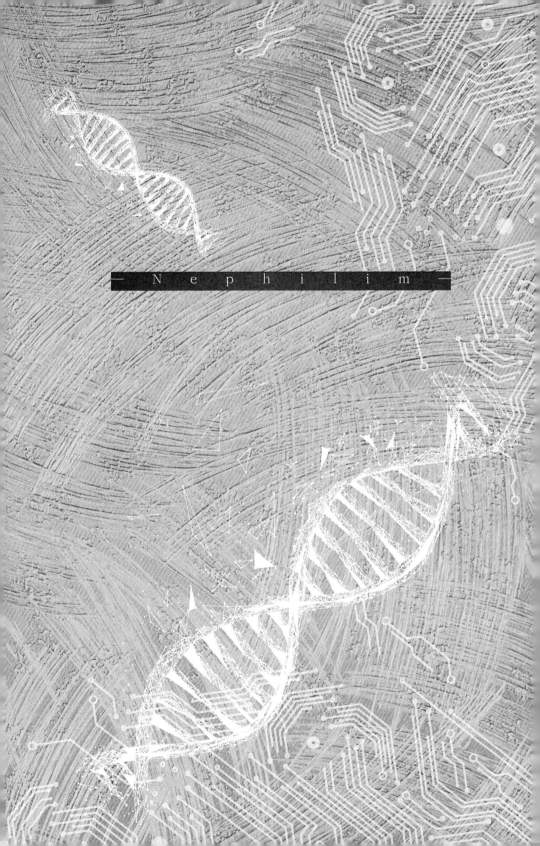

— N e p h i l i m —

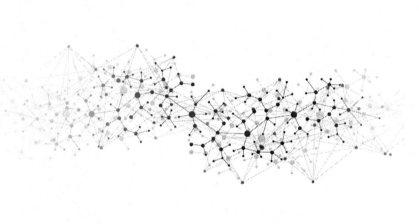

연구원 K

　새하얀 국화꽃 사이, 활짝 만개한 미소가 인상적인 여성의 영정사진이 걸려있다. 장례식장에는 조용히 흘러내리는 눈물을 훔치는 사람들, 나라를 잃은 것마냥 대성통곡하는 사람들, 펄펄 끓는 육개장보다 뻘겋게 달아오른 얼굴로 구석에서 화투를 치는 사람들. 그리고 퉁퉁 부은 얼굴로 조문객들을 받고 있는 한 남자가 있었다.

　그때 들어오는 한 여성. 남성은 무언가 잘못 본 것 같다는 듯이 부어오른 두 눈을 크게 껌뻑인다. 여성의 품에는 갓 태어난 듯한 아기가 있었고, 양쪽에는 두세 살쯤 되어 보이는 아이들이 불안한 듯 여성의 옷깃을 잡고 서 있었다. 여성은 입을 열었다.

"여보. 괜찮아요?"

"이… 이럴 수가… 당신이 어떻게…!"

"왜 그렇게 울고 있어요~ 당신. 오늘 조금 이상한 것 같아요.
그리고 내 몸도… 조금… 이상한… 것… 같… 으윽!"
여성은 피를 토하며 앞으로 넘어진다. 아이들은 쓰러진 여성을 붙잡고 엉엉 울고, 바닥에 내동댕이쳐진 갓난아이에게서 귀가 째지는 듯한 비명이 들려왔다.

허겁지겁 갓난아이를 들어 올리는 남자. 바닥에 부딪힌 갓난아이의 몸이 찰흙마냥 잔뜩 뭉개져 있었다. 이내 살점이 눈 녹듯이 녹아내리더니 뼛조각마저 가루가 되어 허공에 흩어진다. 여성의 양옆에 있던 아이들도 옷만 덩그러니 남은 채 사라졌다.

"미안해… 엄마가… 이런 엄마가… 미안해… 흑흑…."

이내 여성은 칼로 자신의 손목을 있는 힘껏 그어버린다. 남성이 뛰어들어 말리기도 전, 이미 날카로운 칼끝은 그녀의 가냘픈 손목을 사정없이 찢고 지나가고 말았다.

"여…여보… 안 돼!"
"헉!"

남자의 온몸에 식은땀이 흘러내린다. 어두컴컴한 방에서 땅바닥을 더듬으면서 휴대폰을 찾아내어 켰다. 눈이 부셔 질끈 감았던 눈을 뜨고는 시간을 확인한다.

[03:14 AM]

'부스럭부스럭~'
"으음… 지섭아. 악몽이라도 꿨어?"
옆에서 눈을 비비적거리면서 일어난 한 사내가 안경을 쓰며 묻는다.

"어? 응… 별거 아니야."

사내는 혀를 끌끌 차며 말한다.

"쯧. 아니긴…. 오늘 잠은 다 잤나 보네."

故 이희주

지섭은 창가로 스며드는 희미한 달빛에 비친 아내의 명정을 바라본다. 허심탄회한 그의 머릿속은 아내의 죽음을 막지 못한 자신을 향한 원망과 경멸, 멸시하는 감정으로 가득 차 있었다.

"너무 자책하지는 마. 넌 최선을 다했잖아?"

"…"

"무엇보다 우리에겐 계획이 있잖아…? 한번 해보자고…."

사내는 연민에 젖은 눈빛으로 아련하게 지섭을 쳐다본다. 그의 이름은 세혁. 김지섭의 직장 동료이자, 절친한 친구 사이이다.

차가운 공기가 맴도는 고요한 새벽의 장례식장. 지섭과 세혁, 그들에게는 각자 다른 목표가 뜨겁게 불타올랐다.

2년 전, 청명한 달빛이 비치는 금요일 밤.

화가 잔뜩 난 지섭은 거실에서 안절부절못하며 누군가를 기다린다. 11시 반쯤 넘었을까. 드디어 현관문이 열린다.

"여보. 또 이렇게 늦게 들어올 거야?"

"미안해⋯ 그렇지만 직원 회식이⋯."

"아니! 여자가 밤늦게 싸돌아다니니까 걱정되잖아!"

"여보. 나도 그 마음 이해해. 그렇지만 당신도 동창회나 회식으로 늦게 들어올 때 있으면서 왜 나한테만 그래⋯?"

"남자는 사회생활하려면 어쩔 수 없는 거 알잖아! 당신 정 그럴 거면 그냥 일 때려치고 집에나 있어!"

"뭐⋯ 뭐라고⋯?"

희주는 울먹이며 방문을 잠그고 들어가 버린다. 아직도 화가 덜 풀린 지섭은 거실에서 마당에 나와서 담배를 있는 힘껏 뻐끔거리다가 들어왔다.

다음 날 아침.

지섭은 어젯밤 있었던 일을 떠올리며 머리를 콩콩 때린다. 어젯밤 희주가 들어간 방문 앞에 서서 조심스럽게 노크를 한다.

"여보⋯ 어제는 내가 너무 심했어⋯. 미안해. 나와 봐⋯."

한동안 적막이 흘렀다.

"여보⋯ 정말 미안해⋯."

"⋯ 정말?"

"응. 정말…"

잠시 후 희주의 깊은 한숨 소리가 들리더니, 이내 나긋나긋한 그녀의 목소리가 흘러나온다.

"후우~ 오랜만에 간장계란밥이나 먹고 싶네~"

"여보. 간장계란밥 먹고 싶어?"

"응. 오랜만에 한 그릇 먹고 싶네~"

"알았어! 당장 맛있게 만들어서 진상할게!"

그제야 희주는 방문을 열고 나와서 씩 웃어 보였다. 지섭은 그런 희주에게 미안하고 감사하다는 듯이 꼬옥 껴안는다.

희주는 너무 지쳐 쉬고 싶거나, 기분이 안 좋을 때 지섭에게 종종 간장계란밥을 부탁하고는 했다.

손재주가 없는 지섭이 유일하게 할 줄 아는 요리가 간장계란밥뿐이었기 때문일까.

"짜잔~ 김지섭 표 간장계란밥 대령했습니다~"

"잘 먹을게. 고마워~"

쓱싹 뚝딱 간장계란밥을 다 비워갈 때 즈음 지섭이 입을 열었다.

"희주야. 우리도 슬슬… 아이 만들지 않을래?"

"아이?… 음… 아직 마음의 준비가 되진 않아서… 잘 키울 수 있을지 자신도 없고…"

"그래도 난 당신 닮은 예쁜 딸 하나 생기면 정말 행복할 것 같아."

"음… 정 그러면 한번 천천히 생각해볼게…"

그도 그럴 것이, 지섭은 매주 주말마다 아동보호센터에 봉사활동을 다닐 만큼, 아이들을 너무 좋아하기 때문이다. 희주도 이미 어느 정도 마음은 먹은 상태였지만 아직 아이를 키울 정도의 경제적 기반이 마련되지 않았기 때문에 섣불리 아이를 만들 수도 없었다.

지섭은 중견기업의 말단 연구원이었고, 희주는 이제 막 임용고시에 합격하여 신입 교사직으로 있었기 때문에 주머니 사정이 넉넉지는 않았기 때문이다.

몇 주 후, 희주가 어여쁜 아기 신발을 사 들고 집에 들어왔다.

"여보. 나 임신했어…! 임신 4주래!"

지섭은 눈을 희번덕 떴고, 마음속으로는 축포의 방아쇠를 당기기 직전이었다.

"그런데…."

그녀는 선천성 자궁 기형을 가지고 있었다고 한다. '부분 중격 자궁이었는데 다행히 착상에는 문제가 없었지만, 의사는 유산할 확률을 무시할 수 없기 때문에, 그 부분에 대해서는 어느 정도 마음의 준비가 필요하며, 앞으로도 몸조리를 잘해야 한다고 했다.

"여보, 이제 집안일은 내가 맡아서 해볼게. 그동안 너무 당신한테 맡기기만 했던 것 같아."

---

* **부분 중격 자궁** 선천성 자궁 기형 중 하나이다. 자궁 내에 중간 벽이 존재하는 형태로 임신에 영향을 미친다.

지섭은 평소에도 빨래나 청소 정도의 집안일은 돕는 편이었다. 하지만 이제 아예 본인이 다 하겠다는 셈이다. 그 이후로 희주는 요리만 하고, 나머지 일은 지섭이 도맡아 해왔다.

"이거이거~ 집안일 다 떠넘겨버려서 미안하네~."

희주가 넌지시 건넨 장난 섞인 말에, 지섭은 설거지를 하면서 흥겨운 목소리로 답했다.

"하하. 이게 다 나 좋으라고 하는 일인걸? 당신이 우리 아기 가지고 있는 것만으로도 나는 너무 고맙고 행복해."

그런데 그때, 희주의 하체에서 검붉은 피가 흘러내렸다.

지섭은 설거지하던 그릇을 놓치고, 아픈 배를 쥐고 신음하는 그녀에게 바로 달려갔다.

'쨍그랑~.'

부엌에 그릇이 깨지는 소리가 울려 퍼졌다. 지섭은 하혈이 시작된 희주를 데리고 곧바로 응급실로 갔다. 집안 바닥이 온통 붉게 물들었다.

"자연 유산입니다."

의사의 예견대로 유산한 것이다.

둘은 부둥켜안고는 한참을 눈물을 쏟았다.

"나 때문에…. 나 때문이야…."

희주는 자신의 탓이라며 자책했다. 그런 그녀의 모습을 지켜볼 뿐인 지섭의 가슴은 더욱 쓰라렸다.

"희주야. 너무 자책하지 마. 그리고 내가 도와주지 못해서 미안해…. 내가 알아봤는데, 중격 자궁은 치료하면 정상 출산 가능하대. 95%나 된다고 했어… 난 더 이상 아이 바라지 않아. 그래도 네가 원한다면 다시 해볼 의향은 있어."

"다시 할 거야…. 이 아이를 위해서라도…."

희주는 마음을 굳혔다. 아이를 낳기로.

희주는 중격 수술을 시행했다. 살이 깎여나가는 고통도 고통이었지만, 희주는 그런 자기 자신이 애석하고 불쌍히 여겨져 눈물을 참을 수 없었다. 2번째 임신은 정부 지원을 통해 시험관 아기로 수정하였고, 착상도 성공적으로 이루어졌다.

"여보, 고생 많았어. 이번에는 아마 꼭 성공할 거야!"

"고마워 여보. 건강한 아이 낳아줄게…."

'띵-동'

"누구지? 이 시간에."

문을 열어보니 지섭의 직장 동료 세혁이 와있었다.

"형수님 좀 뵈려고 이렇게 행차하셨다. 형수님 안녕하세요!"

"어머, 세혁 씨. 어쩐 일이세요."

"임신하셨다면서요. 부추즙이 임신에 그렇게 좋다고 해서 조금 준비해봤습니다. 이래저래 마음고생 심하실 텐데, 힘 내시고요!"

"어머… 뭐 이런 걸 다… 고마워요~ 호호…."

"아이고, 고맙다. 너밖에 없다야. 조만간 술 한잔하자!"

"그랴! 꼭 불러라! 형수님 먼저 가봅니다! 몸조리 잘하십쇼!"

"예, 조심히 들어가세요~."

세혁이 밤길 사이로 터벅터벅 걸어 나온다. 그는 트렁크에서 고양이 사료를 꺼내 길거리에 조금씩 뿌려줬다. 이내 냄새를 맡고 몰려든 길고양이들을 쓰다듬어준다.

"가엾은 아이들…. 많이 먹고 튼튼해지거라."

어느덧 임신 4개월. 희주는 입덧 때문인지 입맛이 없나 보다. 요근래에 밥도 잘 안 먹고, 얼굴도 조금 마른 듯한 느낌이 든다.

"여보, 간장계란밥 해줄까?"

"됐어. 그냥 된장찌개 먹어도 돼."

"입맛이 없어 보이길래… 몸 잘 챙겨야지. 응?"

"자기는… 나 때문이야? 아이 때문이야?"

"그게 무슨 소리야?"

"입맛이 없는 건 나인데, 아이 때문에 먹으라는 소리 아니야?"

"어떻게 말이 그렇게 돼? 너랑 아이 둘 다 위해서 한 말이지."

"미안… 괜히 신경질 냈나 봐… 요즘 왜 이러지…."

"괜찮아. 희주야. 마음 편하게 먹고, 조금만 더 힘내 보자…. 나도 내가 해줄 수 있는 데까진 최대한 노력할게."

"알았어, 여보. 나도 힘내볼게."

지섭이 일하고 있는 연구실.

실험 도구들이 난잡하게도 자리잡혀있다. 옆에서 보고서를 정리하던 세혁이 한마디 던진다.

"지섭아. 형수님은 좀 어때?"

"모르겠어. 요즘 밥도 잘 못 먹고… 조금 예민해."

"어이구, 네가 잘해야지 임마. 자식아. 희주 씨한테 좀 애교도 피고 재롱도 부리고 해봐 좀."

"말이야 쉽지 내 성격에 그런 게 먹힐 것 같냐. 못 해, 못 해."

"어휴~ 희주 씨가 정말 고생이 많다. 이렇게 재미없는 선비님을 뫼시고 사신다니~."

"내 생각에도 희주가 아깝긴 하다. 나 같은 놈이 뭐가 좋다고… 이렇게 노력해주는 것도 너무 고맙고…"

"그럴수록 네가 잘해야지. 부추즙도 내가 괜히 챙겨줬겠냐."

"그래 네 말이 옳다. 다 맞는 말이다 맞는 말이야~."

그날은 왠지 더 잘해줘야겠다는 생각이 드는 날이었다.

'오늘은 내가 저녁밥을 해줘 볼까…? 김치찌개 좋아하려나?'

핏물 고인 돼지고기 앞다리 살을 한 근 사들고는 집으로 돌아온 지섭. 평소와는 달리 차갑고 낯선 공기가 반긴다.

'무슨 일이지…?'

"여보. 여보! 집에 있어? 여보!"

'띠리리리링- 띠리리리링-.'

지섭의 핸드폰 벨이 울렸다. 불길한 예감이 든 지섭은 허겁지겁 전화를 받았다.

"안녕하세요. 이희주 씨 보호자 분 되시죠?"

"예, 그렇습니다만 희주한테 무슨 일 있나요?"

"예, 방금 복부 진통으로 병원에 후송되셨습니다. 저희 병원 위치와 담당 의사 선생님 전화번호를 메시지로 보내드리겠습니다."

지섭은 부랴부랴 다시 차에 올라탔다. 법 없이도 살 지섭이 한밤중에 이렇게 과속해본 것도 처음이랴. 병원에 도착한 지섭은 헐레벌떡 카운터로 달려간다.

"이희주! 희주 지금 어디에 있나요?!"

"잠시만요."

컴퓨터에 희주의 이름을 타닥타닥 쳐보는 간호사의 태연함이 지섭을 더욱 애태운다.

"이희주 님께서는 지금 응급환자실 B-2호에 계십니다."

이를 듣자마자 지섭은 황급히 응급환자실로 달려간다. 다급하게 뛰어가는 지섭의 뒷모습에 간호사는 왠지 익숙한 듯한 연민 어린 눈빛을 보낸다.

'벌컥~'

문을 열었다. 희주는 힘없이 누워서 온갖 수액을 맞고 있었다.

"여보, 정신이 들어?"

"…"

"여보, 나야 나. 지섭이라고! 무슨 일이야 대체…!"

희주는 대답 대신 뜨거운 눈물로 답했다. 지섭을 껴안고 그의 어깨에 한참을 눈물을 쏟은 뒤에야 입을 열었다. 또다시 유산했다고. 어떻게 하면 좋으냐고. 아이 대신 내가 죽었어야 되었다며 펑펑 울어댔다.

"자기야… 내가… 해줄 수 있는 것이 마뜩잖은 말뿐이지만… 이렇게 힘없어하는 당신을 보면 너무 슬퍼…. 나는 당신만 있으면 돼. 아이 이제… 포기하자. 당신이 힘들어 하는 게 더 마음 아파. 우리끼리 행복하게 오래오래 살자, 응?"

"흑… 흐흑… 흑…."

"그래, 여보. 실컷 울어도 돼. 고생 많았어."

"흑… 흐흑… 나 때문에… 아이가…."

"그게 왜 당신 때문이야? 당신은 최선을 다했어. 그저…."

둘은 한동안 말이 없었다. 시간이 얼마나 흘렀을까. 누군가 문을 열고 들어온다.

"지섭아. 희주 씨."

세혁이였다.

"형수님 좀 괜찮으세요?"

"뭐야 너, 어떻게 알고 여기에…."

"우연히 너희 집 근처 지나가는데, 너 다급하게 나오는 거 보고 뒤쫓아왔어. 엿들어서 미안한데…. 정말 유감이다…."

"와줘서 고맙다. 그런데 지금은 둘만 있었으면 해서… 미안하다."

"아니야. 불쑥 찾아온 내가 실례였지. 형수님 많이 힘드시겠지만 힘내세요. 밖에 대추차 사놓았으니 조금씩 드세요."

"고마워요. 조심히 가세요…."

몇 개월 후, 희주는 유산 후 우울증 판명을 받았다. 의사는 당분간 휴식을 취하고 스트레스를 피하라고 권고했지만, 현실적으로 생각해 볼 때 대한민국의 교사로서 피할 수 없는 것이 스트레스였다.

지섭은 휴직을 권유했으나, 학교 측에서 받아주지 않았던 모양이다. 육아휴직으로 자리를 비운 것으로도 모자라 우울증으로 병가 휴직까지 하겠다니 안 된다는 것이었다. 더구나 학교 남학생들 사이에서는 육아휴직을 했다가 유산을 해서 금방 돌아왔다는 소문이 돌면서 온갖 성희롱이 난무하였다.

때문에 희주의 우울증은 불면증으로까지 번져 더욱 시달리게 되었다. 신체적인 질병은 관찰할 수 있는 방법이 많이 존재하는 데 반해, 정신적인 질병은 사실상 심증만 존재할 뿐이다. 때문에 마음속부터 스러지고 있는 희주의 질병은 지섭 외에는 누구도 믿어주지 않았고, 그녀의 마음의 병은 점점 깊어져만 갔다.

해가 지나고, 어느덧 초겨울.

첫눈이 오는 날이었다. 추적추적 진눈깨비가 내리는 날.

그녀는 저녁 식사 도중 입을 열었다.

"여보. 나… 임신했어."

"임신?"

"응."

"…"

둘 다 마냥 기뻐할 수만은 없었던 모양이다. 이미 두 번이나 실패한 경험이 있었고, 그로 인해 고통받은 지난날들이 뇌리를 스치고 지나갔기에.

"어떡할까?"

희주가 먼저 물었다.

그러나 지섭도 선불리 대답할 수는 없는 노릇이었다.

한참을 뜸 들이다가 마지못해 입을 열었다.

"나는…."

"낳고 싶지?"

희주는 이미 눈치채고 있었던 모양이다.

"솔직히 나도 낳고 싶어. 마지막이다 생각하고…."

"마지막이란 말은 함부로 쓰는 말이 아니야. 그리고 아직 난 솔직히 걱정된다고 말하려고 했어. 정말 괜찮겠어?"

"자기만 괜찮다면 나는 노력해볼 거야."

"여보. 여보만 있어도 난 충분히 행복해. 더 이상 마음 아파하지 않았으면 좋겠어."

"건강하고 튼튼한 아이 생기면 더 이상 마음 아플 일도 없잖아?"

오랜만에 보는 웃는 모습이었다. 비록 보일락 말락 하게 입꼬리만 슬쩍 올라간 것뿐이었지만, 지섭은 마지막 희망을 보았다.

'아이만 잘 태어난다면…. 희주의 우울증도 많이 개선될 거야….'

둘은 믿는 종교는 없었지만, 누군가에게 간절히 기도했다. 부디 이번에는 꼭 아이를 낳게 해달라고. 희주와 지섭을 반반 똑 빼닮은. 어여쁜 아이를 황새가 물어오게 해달라고.

희주는 마지막이라며 육아 휴직계를 제출했다. 몇몇 학생들의 응원도 받았다. 집에서 태교를 위한 모든 방법을 동원했다. 지섭 또한 임신에 좋다는 별의별 음식들을 가지고 와서는 먹여주고는 했다.

임신 4개월. 둘은 초음파 사진을 찍고 눈물을 흘렸다. 딸아이가 양손을 꽉 쥐고 있는 모습이었다.

'두근~. 두근~.'

아이의 심장박동 소리. 더없이 맑고 순수한, 아름다운 소리였다.

"여보. 잘하고 있어. 조금만 더 힘내보자!"

"응, 여보! 꼭 딸아이 안겨줄게!"

"음… 이름은 무엇으로 정할까?"

"음… 은혜? 은혜는 어때? 은혜롭게 태어난 아이니까…"

"좋은 이름이네. 은혜야. 무럭무럭 자라서 우리 품에 안기렴!"

지섭과 희주는 더할 나위 없이 행복해 보였다. 우울증도 불면증도 많이 개선된 듯하다.

"이런… 또 고양이들이 몰려왔잖아!"

'먀아아옹~.'

요 근래 집 근처에 길고양이들이 많아졌다. 고양이를 좋아하는 희주는 종종 고양이 간식을 사 와서 길고양이들에게 먹이기도 하였다.

'참참참참~.'

'움~.'

"배고팠나 보구나. 많이들 먹으렴."

"자기야. 고양이들 밥 주지 마. 밤에 너무 시끄럽지 않아?"

"우리 은혜가 고양이들 밥 주고 싶다고 하는걸? 헤헤"

"끄응… 그럼 어쩔 수 없지…."

고양이는 날마다 시끄럽게 울어 재끼는 것은 물론이거니와, 쓰레기봉투를 뜯어 쓰레기를 밖으로 쏟아내어 쑥대밭으로 만들어 놓고는 해서, 지섭이 얄미워하는 대상이었다.

하지만 한편으로는 고맙기도 한 것이, 지금처럼 희주에게 행복을 선사하고 있는 존재이기 때문이다. 어쩌면 은혜에게도….

시간이 흘러 한겨울이 되었다.

만지면 폭신폭신할 것같이 푸짐한 함박눈이 아침부터 펑펑 내린다.

"와아~ 이것 봐 자기야! 눈 엄청 오고 있어!"

"으으… 또 눈이라니… 군대에서 질리도록 보고 왔건만…."

"그때는 그때고, 지금은 지금이지! 얼마나 예뻐?"

"그건 그래. 하늘에서 아름다운 쓰레기가 내리네~."

"낭만도 없는 바보 멍청이…."

"농담이야 농담. 하하! 그래도 너무 쌓이면 골치 아프니까 요 앞까지만 내가 후딱 쓸고 올게~!"

지섭은 잠옷에 깔깔이를 걸치고 도로비를 어깨에 얹고 위풍당당 걸어 나온다.

"자기야. 너무 춥게 입은 거 아니야?"

"무슨 소리! 원래 제설작업은 시원하게 입어야 한다고. 망할 놈의 눈… 대한민국 예비군의 지옥 빗자루질 맛을 보여주마!"

지섭은 슥삭슥삭 빗자루질을 시작했다. 2년간 숙련된 그의 빗자루질은 눈들을 사방팔방으로 흩트러 놓았다. 녹색 빗자루와 눈의 순수한 마찰열 때문에 녹아내리듯이 서서히 사라져가는 눈들.

어느새 눈을 다 치우고 한껏 후덥지근해져서는 집으로 돌아온 그는 들어오자마자 깔깔이와 잠옷을 집어 던졌다. 흡사 한여름의 모습을 방불케 했다.

"뭐하러 그렇게 열심히 해. 어차피 또 쌓일 텐데…"

"잔인한 말을 쉽게도 하는군."

한 시간마다 나가서 눈을 쓸고 오는 지섭. 희주는 창밖으로 비치는, 현란하게 빗자루질하는 그를 보며 싱긋 웃음을 짓는다.

지섭이 투덜대며 들어온다.

"아 그나저나 내일 출근이네. 주말 내내 눈만 쓸다가, 월요일이라니 너무 잔혹해. 주말이 평일이고 평일이 주말이었으면…"

"그건 나도 동감~ 그런데 유감스럽게도 나는 집에 있겠지만?"

"이런…."

"히히 장난이고, 나도 장 보러 가야지. 집에만 있을 순 없잖아?"
"장보는 건 내가 해도 되는데. 괜찮겠어?"
"장보는 게 뭐 어렵다고~. 내가 해도 돼. 안 그래도 당신 요즘 프로젝트 때문에 바쁘다고 했잖아. 이런 거라도 내가 해야지. 안 그래?"
"고마워 여보."

다음 날 아침, 여느 때처럼 라디오를 들으며 출근하는 김지섭.
'오늘 날씨는 흐림입니다. 어제 오후 급격한 온도상승으로 인해 도로마다 빙판길이 생겼으니 유의하여 안전운전 하시길 바랍니다.'
"말 안 해줘도 미끄러운 거 알거든. 으, 이러다가 회사 늦겠다."

회사에 도착한 지섭. 그의 예상대로 지각을 해버렸고, 선배한테 한소리 듣고 말았다. 그런 지섭을 지켜보는 세혁이 키득거린다. 한소리 듣고 온 지섭에게 세혁이 말했다.
"야, 인마. 빨리빨리 안 다녀? 막내가 빠져가지고~."
"바닥이 그리 미끄러울 줄 누가 알았겠냐…."
"맞는 말이다. 조심히 다녀라. 맞다. 형수님은 집에 잘 계시고?"
"아 맞다. 전화해야 했는데. 잠시만."

잠시 자리를 비우는 지섭. 누군가에게 전화를 건다.

"응, 여보. 무슨 일이야?"

"여보, 나 오는 길에 길이 많이 미끄럽더라고. 그래서 말인데."

"어머? 잠깐… 어어…! 꺄아아악!"

"여보! 여보!"

'삐- 삐- 삐- 삐~.'

전화가 끊겼다.

한동안 벙쪄 있는 지섭. 초점이 없다. 세혁이 다가온다.

"야 왜 일 안 하고 농땡이 피우고 있어?"

"세… 세혁아… 아내가… 아내가…."

"형수님? 형수님이 왜? 무슨 일 생겼어?"

"나도… 잘… 모르겠어… 지금… 아내가… 지금….'

"정신 차려! 지금 무슨 일 생긴 거야? 진정하고 차분히 말해."

"아내랑 통화 중이었는데… 아내가… 꺄악 하더니 전화가…
뚝… 끊겼어….'

세혁이 지섭을 끌고 나온다.

"부장님! 지금 급한 일이 생겨서 금방 좀 다녀오겠습니다!"

"야야야! 이따 오후에 있을 ppt보다 중요한 게 뭐가 있어? 어디
가려고!"

"그런 게 있습니다."

지섭을 차에 태운 후 시동을 건다.

"우선 119에 전화해서 오늘 교통사고 없었는지 물어봐."

"으…응….."

세혁은 지섭네 집 방향으로 운전하기 시작한다.

지섭은 전화를 마치고, 상황을 설명한다.

"방금 전… 9시 42분에 시내버스 전복사고가 있었대… 아니겠
지…? 설마… 아닐 거야… 아니어야 돼… 희주야… 은혜야…."

"별일 없을 거야. 그래서, 부상자들 어디로 이송됐대?"

"근처에 있는 상록병원으로 후송되었대."

"일단 거기로 가보자."

"제발… 제발…."

미끄러운 빙판길을 아슬아슬하게 달려 드디어 상록병원에 도착
했다. 세혁과 지섭은 병원에 달려들어갔다.

"여기 버스 사고 부상자들 어디 있어요?"

"저기 응급환자동에 있습니다"

응급환자동에 도착한 둘.

사람들이 시름시름 앓는 소리를 내며 뒤척이고 있었다. 지섭은
희주를 발견하고는 곧장 달려간다.

"희주야! 괜찮아? 다친 데는 없어?"

"괜찮아 여보. 가벼운 찰과상이래. 크게 다치지는 않았어."

"은혜는… 은혜는?"

"은혜는… 흑흑… 사실, 흑… 잘 모르겠어. 흑흑….”

"일단 산부인과부터 가보자. 저기 여기 퇴원절차 어떻게 밟아요? 지금 빨리 가봐야 할 곳이 있어서요!”

"아, 퇴원하시려면 여기에 사인….”

서명란에 휘갈겨 사인을 한 뒤 눈물 범벅이 된 희주를 끌고 오다시피 밖으로 데리고 나왔다.

"야 지섭아. 난 이만 가본다. ppt 준비해야 할 것도 있고. 너는 병가 처리해달라고 말해 놓을게. 그리고… 부디 잘….”

"앗, 그…그래. 매번 너무 고맙다.”

미끄러운 빙판길 위로 아슬아슬하게 도착한 산부인과. 의사는 지섭의 다급한 상황 설명을 듣고는, 곧바로 희주를 초음파실로 데려간다.

'삑~ 삐익~'

기다리고 있는 지섭은 가슴이 쿵쾅대서 미칠 것 같았다. 혹시 심장이 주저앉아버릴지도 모른다는 걱정이 자꾸 머릿속을 맴돌았다.

"음. 초음파 사진으로 봤을 때에는 다행히도 태아에는 문제가 없어 보입니다. 그래도 혹시 모르니 *hCG 정량검사도 병행해보려 하니 매주 와서 검사하는 편이 좋을 것 같습니다. 오늘은 일단 혈액

---

* hCG(human chorionic gonadotropin) 사람 융모성 성선자극호르몬. 유산이 진행될 때 진단을 위해 보조적으로 쓰이는 검사이다. 혈중 hCG 농도를 측정하여 유산을 판단할 수 있다. 임신 시에는 임신 주수에 따라 증가하여 임신 중기에는 수만~수십만mIU/mL까지도 증가할 수 있다.

채취만 하겠습니다."

지섭은 털썩 주저앉았다.

그제야 눈물샘이 터진 그는 '다행이다~. 다행이구나.' 생각했다. 희주도 끅끅 대며 참으려 노력했던 눈물보를 기어코 터뜨리고야 말았다. 의사는 그런 그들의 모습을 측은하게 쳐다본다.

다음 주에도 병원에 찾아 혈액을 채취했다.

그렇게 사건으로부터 보름 정도 지났을까. 다시 산부인과를 찾은 부부에게 닥친 현실은 가혹했다.

"유감스럽게도… 유산입니다."

둘은 또다시 펑펑 울었다. 세상이 떠나갈 듯이 울어댔다. 어떻게 얻은 아이였는데, 이렇게 보낸 것이 너무 안타까웠다.

그녀는 유산 수술을 마치고 나서야 실감했다. 혼자가 된 기분이었다. 세상에 내가 둘이었는데, 이제는 세상에 나 혼자 덩그러니 남은 것 마냥. 이루 말할 수 없듯 한 이 허무감과 공허함은 지섭의 격려로도 채워지지 않았다.

그렇게 그녀는 복직을 하고 봄이 찾아왔다.

눈이 녹고, 나무의 씨눈과 새싹이 빼꼼 고개를 내밀고 있는 봄. 휘영청 밝은 달이 창가로 들어오는 어느 날 밤이었다.

"응애애애애~ 응애~~."

'흠칫'

그녀는 분명히 들었다. 영락없는 갓난아이의 울음소리를.

이내 집 근처 사방팔방에서 아이의 신음이 들려왔다.

"응애."

"응애애~."

"응애!"

"응애애애~."

"미안해… 엄마가 미안해… 잘못했어 아가들아…."

"여보, 갑자기 왜 그래? 안 좋은 꿈 꿨어?"

"아가… 우리 아가들이 지금 울고 있어… 나를 원망하고 있어…."

"무슨 소리야? 당신 조금 이상해. 어디 불편해?"

"내가 이상해? 이상하긴 하지… 자궁이… 하하… 시도를 하지 말

았어야 했어 나 같은 건…."

"여보! 정신 차려!"

"응애애애~."

"응애!"

"봐봐…. 지금… 이렇게 아이들이… 아프다고… 괴롭다고 울고

있잖아…."

"무슨 소리야? 이건 고양이 소리야. 지금 발정기라서 내는 소리라

고."

"고양이? 아니야, 아기 울음 소리인데… 아가… 내 아가…."

지섭의 온몸에 소름이 쫘악 돋았다.

"당신 일단 진정하고 내일 병원 가보자."

"병원? 무슨 병원? 산부인과? 충격 수술 다시 해볼까…?"

지섭은 아찔했다. 이제 갈 데까지 갔구나 하고 생각했다. 뜬눈으로 밤을 지샌 지섭은 그녀를 정신병원으로 데리고 갔다. 또다시 심각한 우울증이 도진 것이었다.

이번에는 경증이 아닌 중증 우울증으로, 환청, 환각 증세까지 보일 수 있다는 것이다. 마약류로 분류되는 독한 항우울제와 신경안정제, 정신분열 치료제를 처방받아 집에 왔다.

"아가들… 잘 때마다 꿈속에서 얼굴 없는 아기들이 나한테 와서 안겨… 나는 너무 무서워서 자꾸 밀쳐내는데 자꾸 안겨와…"

"여보… 더 이상 신경 쓰지 마. 당신만 신경 써."

"만약 내 아이면 어떡하지…. 내가 밀쳐내서 상처받진 않았을까?"

"희주야!"

지섭이 크고 단호하게 희주를 불렀다. 희주의 양어깨를 잡고 진지하게 말했다.

"이제 정말… 당신만 행복했으면 좋겠어… 다른 건 필요 없어…"

"아이도…?"

"응, 물론이지…."

"큭… 사실… 크큭… 믿을 수 없어…. 자기가 거짓말하는 건 티가 나거든."

"뭐라고?"

"자기가 거짓말할 때마다 코가 길어지거든. 하하하! 으하하하!"

한동안 희주는 큰소리로 목청껏 배를 부여잡고 웃었다. 지섭은 그런 희주의 모습은 측은하게 쳐다볼 뿐. 아무 말도 잇지 못했다.

이미 그녀는 사직서를 낸 지 오래였다. 그녀의 일상사가 걱정되어 집에서 보살피고자 지섭이 사직서 제출을 권유한 것이다. 학교에서도 아이들을 정신질환자한테 배우게 할 순 없다며 반발하는 학부모가 다수 있었고, 학교 측에서도 같은 입장이었다.

"이제 집에서 편히 쉬자."

희주는 정신이 오락가락하는 것 같았다. 평소와 같이 차분하고 이성적인 모습과 광적이고 감정적인 모습이 공존했다.

지섭은 희주가 걱정되어 집안 곳곳에 CCTV를 설치하여, 이상 행동을 하진 않는지 틈틈이 감시했다. 직장에서도 세혁을 통해 소식을 접하고 안타까워하며 지섭의 행동을 이해해줬다.

"지섭아. 나 내일 연가 쓴다. 바쁜데 고생 좀 해라."

"연가? 네가 웬일로 연가를 다 쓰냐. 불금이라서 달리려고?"

"아니, 초등학교 동창 모임이 있어서. 내가 시골에 있는 덕암초등학교 나와서 초등학교 동창들하고는 뭔가 끈끈한 그런 게 있잖냐."

"그런 것도 있나? 뭐 그래. 잘 다녀와라. 하필 바쁜 때에 가네."

"네가 이해 좀 해줘라. 고맙다. 다음 주에 보자~"

세혁은 지섭을 보며 씩 웃음을 짓고는 가벼운 어깨로 칼퇴근하였다. 기분이 좋아 보인다.

"저 녀석 몫까지 하려면 오늘, 내일 야근해야겠군…. 그나저나 희주는 잘 있으려나…."

주섬주섬 핸드폰을 꺼내더니 CCTV를 켜본다. 거실에서 티비를 보고 있다. 무얼 보고 있나 보니… 글자는 잘 안 보이지만 언뜻 봐서는 '슈퍼맨이 돌아왔다'를 보고 있는 것 같다. 그런 희주가 안쓰럽다. 전화를 걸었다.

'띠리리- 띠리리~.'

희주가 이내 전화를 받는다.

"여보 언제 와?"

"미안, 오늘내일 야근할 것 같아…. 잘 있지 여보?"

"응, 나야 잘 있지. 야식 준비해 놓을게. 이따 와서 먹어."

"고마워 희주야. 사랑해."

"나도~."

전화가 끊겼다. 부엌에 가서 주섬주섬 뭔가 만들고 있는 것 같다. 그제야 지섭은 안심을 하고 작업에 몰두할 수 있었다.

새벽 1시가 넘어 집에 도착한 지섭. 천근만근 같은 구두와 가방을 끌고는 터덜터덜 집으로 기어들어온다. 희주는 새근새근 자고 있다.

"희주는… 언제 봐도 예쁘네…."

그는 따뜻한 물로 샤워를 하고 뽀송뽀송한 잠옷으로 갈아입었다. 개운함에 바나나우유를 들이키러 부엌에 갔다.

"아 참, 야식"

식탁에는 차갑게 식은 소시지 케첩 볶음이 있었다. 전자레인지에 돌려서 맛깔나게 먹고는 설거지를 마치고서야 잠들 준비를 마쳤다. 2시가 넘었다.

침대에 누워 희주를 지긋이 바라본다. 그리고는 희주를 꼬옥 껴안은 지섭. 피곤한지 금세 곯아떨어져 버린다.

"희주야."

"응?"

"우리 사귀자."

아무래도 지섭은 희주에게 고백했던 날을 꿈꾸고 있는 듯하다.

"갑자기 뭐야, 하하. 나 그런 장난 별로 안 좋아하는 거 알면서."

"진심이야."

"뭐야~ 징그러워~ 갑자기 왜 이래."

"그동안 진짜 많이 사랑했어. 용기 내서 고백하는 거야."

"…"

그녀는 배를 부둥켜 잡고는 다시 입을 열었다.

"아니야… 나는… 안 돼…. 나 같은 놈은…"

그녀가 벌떡 일어서더니, 뒤돌아 걸어간다. 쓸쓸한 뒷모습이 안갯속으로 사라진다.

"희주야… 안 돼… 가지 마…!"

지섭은 희번득 눈이 뜨였다.

아침이다. 아직 희주는 자고 있다. 아마 약 기운 때문인 듯하다.

신경안정제나 수면 유도제, 어쩌면 항우울증제 때문일지도 모른다. 그는 일어나 어느 때처럼 간장계란밥을 해서 아침을 때운 뒤, 출근을 했다.

"지섭아. 정신 똑띠 차리고 해라잉. 힘든 거 잘 아는데, 그래도 일은 일이잖냐."

선임 연구원의 따가운 눈치를 받으면서 오늘도 고생하는 지섭… 더구나 입사 동기 세혁이도 없는 탓에 더욱 외롭고 일이 고되다.

"그리고 오늘 저녁 회식 있는 거 알지? 최 팀장님이 만든 자리니까 얼굴이라도 비춰."

"예, 알겠습니다."

그날 저녁. 근사한 고깃집에 거의 모든 팀원들이 자리했다.

최일규 팀장이 입을 열었다.

"우리 이번 뉴런 시냅스 - 레지스터 프로젝트 성공한 거 알지? 잘하면 정부 지원금 받으면서 연구할 수도 있겠어. 그동안 고생 많았고, 앞으로 고생 좀 더 하자!"

"예이!"

"뇌 과학의 발전을 기원하며, 그리고 우리 팀의 연봉을 기원하며! 발기연기!"

"발기연기 짠!"

'짠~.'

소주잔 부딪히는 소리가 청아하다. 모두 원샷을 시원하게 때리는데 지섭은 그러지 못한 채 머뭇거리고 있다.

"저기… 죄송한데 먼저 자리 좀 뜨겠습니다. 아내가 기다리고 있어서요…"

"어, 그래. 지섭이. 먼저 가봐야지. 형님들이 다 너 응원하고 있는 거 알지? 힘내라 짜샤! 자~ 지섭이와 형수님의 건강과 안녕을 위하여~ 짠!"

"위하여! 짠!"

'짠~'

그들은 희희덕거리며 별의별 이유로 짠짠. 술잔 비우기를 감행한다. 그들 사이에서 지섭은 스리슬쩍 빠져나와 집으로 향한다.

"희주, 잘 있나 볼까?"

스마트폰을 꺼내 CCTV를 확인한다. 희주는 부엌에서 무언가를 하고 있었다. 저녁 채비를 하고 있나 보다. 오랜만에 집에서 마주 보고 저녁을 먹을 생각을 하니, 저절로 기분이 좋아지는 지섭이었다.

집에 도착한 지섭.

"희주야. 나왔어~"

고요한 집안에는 대답 없는 메아리만 울려 퍼진다. 이윽고 낯선 비린내가 코끝을 찌른다. 맡아본 적 없지만 익숙한 것 같기도 한….

"자기야, 나왔어!"

부엌으로 향하는 지섭. 부엌으로 갈수록 비린내가 심해진다.

"무슨 음식을 하고 있길래…"

벽 사이로 바닥에 흥건한 핏물이 보인다.

"희주야!"

하얗게 질린 얼굴. 파랗게 시린 입술. 기운 없이 바닥에 누워 숨만 가쁘게 쉬고 있는 그녀가 있었다. 이제야 상기해냈다.

이 냄새, 맡아본 적 있었다. 예전에 집 근처에서 로드 킬 당한 고양이 시체에서 난 지독한 피비린내였다.

"1…119…119…"

'뚜르르르- 뚜르르르~'

"예, 중랑지구 119입니다. 무엇을 도와드릴까요?"

"아내가… 아내가 쓰러졌어요… 피가… 막… 피가…!"

"진정하시고 천천히 말씀해보세요. 일단 거기가 어디시죠?"

"주… 중랑구 면목로… 27나길 5번지입니다. 빨리 와주세요!"

"예, 응급차 보냈고요. 아내분 상태가 어떠신지 말씀해주실래요?"

"피가… 막 나고 있고… 하얗고… 차갑고… 숨을 잘 못 쉬고…"

"혹시 피가 난 상처 자국이 어디에 있는지 찾아봐주실래요?"

지섭은 희주의 몸을 더듬더듬 살피더니 왼쪽 손목에 식칼로 그은 흔적을 발견했다. 울음보를 터뜨리면서 울먹이며 말한다.

"왼쪽…흑…흑… 손목… 동맥을 그은 것… 같아요…흑흑…"

"예, 접수했고요. 곧 응급구조요원 도착할 예정입니다. 대기해주세요."

전화가 끊겼다.

부엌에는 피를 흘리며 식어가는 희주와 뜨거운 눈물을 흘리며 그녀를 안고 있는 지섭뿐이었다.

"흑… 흐흑… 흑…."

"애애애애애옹~~."

"애애옹."

"애옹."

지섭의 서글픈 울음소리에 고양이 울음소리가 기분 나쁘게 스며든다. 얼마 지나지 않아 응급 구조요원들이 들이닥쳤다.

"환자에게서 떨어져 주십쇼! 곧바로 응급실로 이송하겠습니다."

응급차에 함께 올라탄 그는 점점 하얗게 질려가는 그녀의 모습을 보며 하염없이 울기만 한다.

"혹시 아내분 혈액형이 어떻게 되시죠?"

"흑… A RH+…입니다…. 흐흑…."

"수혈 진행해!"

"옙!"

병원으로 이송된 희주는 과다출혈로 빈사 상태에 있었다. 응급실 내에서는 분주하게 끊어진 동맥을 다시 잇고, 계속 수혈을 실시하고는 했다. 하지만 수술을 마친 의사의 말로는 잘해봤자 식물인간이라고 한다.

과다출혈 된 상태에서 너무 오래 방치된 탓에, 빈사 상태로 도착했기 때문이라고 한다. 잘해봤자 식물인간, 못하면 뇌사나 죽음에 이를 수 있으니 마음의 준비를 하란다.

"내가… 내가 그때 조금만 더 지켜봤더라면… 크흑….”

“지섭아! 무슨 일이야!"

"흑…흐흑… 희주가 지금 죽게 생겼어….”

이때 갑자기 나타난 세혁. 많이 놀란 표정이었다.

"넌 매번 어떻게 알고, 이럴 때마다 찾아오니….”

"동창회 끝나고 너희 집 좀 들리러 가봤는데 집안 꼴이 말도 아니더라고. 딱 봐도 무슨 일 생긴 것 같아서 찾아왔지."

"하아… 희주가 자살 기도를 했나 봐… 부엌에 있는 것까지는 봤는데 거기서 자살 기도를 할 줄은….”

"안타깝다…. 제발 기적이라도 일어났으면 좋겠다….”

둘은 수술실 밖에서 한참을 기다렸다. 수술실 안은 아까보다는 덜 북적인다. 수술 후 경과를 지켜보는 듯하다.

몇 시간이나 지났을까. 새벽 3시쯤. 지섭에게 기대어 꾸벅꾸벅 졸고 있는 세혁과 눈을 부릅뜨고 수술실만 쳐다보던 지섭에게 드디어 수술 책임자가 다가와 말을 건넨다.

"수술은 성공했습니다. 하지만….”

지섭은 벌떡 일어나더니 의사 선생님의 두 손을 꼬옥 잡는다. 애처롭고 간절하게 파들파들 떨리는 두 손을 모으면서 묻는다.

"제발요… 제발요. 의사 선생님! 희주 괜찮은 것 맞죠? 그렇죠?"

"안타깝게도 식물인간 상태입니다."

'쿵~.'

하늘이 무너져 내리는 것 같았다. 바닥에 털썩 주저앉은 지섭의 어깨를 토닥이며 의사가 진지하게 말을 잇는다.

"더 냉정하게 말씀드리자면, 식물인간이긴 하나 상태가 점점 악화되고 있습니다. 어쩌면 곧 뇌사상태에 빠질지도 모르겠고, 최악의 경우 그다음 단계로도… 우선 저희 병원 측에서도 유심히 관찰하고 돌보긴 하겠지만, 마음의 준비는 하셔야 할 것 같습니다."

졸고 있던 세혁도 어느새 일어나 의사의 설명을 진중하게 듣고 있었다. 바닥에 엎드려 졸도하듯이 절규하는 지섭에게 다가가 일으켜 세운 후 다시 의자에 앉힌다. 의사는 안타깝다는 듯이 고개를 절레절레 저으면서 복도를 지나간다.

의사가 문을 열고 나가자, 초봄 새벽의 한산한 공기가 복도를 타고 들어와 뜨겁게 달궈진 지섭의 머리를 식혀준다.

세혁은 긴 침묵을 깼다.

"지섭아."

"응."

"어떡할 거냐?"

"…. 잘… 모르겠어."

"지섭아… 내가 하는 말 잘 듣고 이성적으로 받아들이고, 수없이 고민하되 최대한 빠르게 결정지어."

"무슨 얘기를 하고 싶은 건데?"

"이번에 성공한 프로젝트 있잖아. 뉴런 시냅스 배열 스캔하는 거. 희주 씨한테 해보는 건 어때?"

지섭은 벌떡 일어나, 세혁을 보며 화난 목소리로 소리 지른다.

"지금 그걸 말이라고 해? 이제 막 연구된 시술을 희주한테 하자고? 희주 몸으로 임상 실험을 하란 말이야?"

"워워…. 아까 말했지. 이성적으로 생각하라고. 아까 들었지. 잘 해봤자 식물인간이고, 점점 악화되고 있다고. 대뇌의 신경세포부터 점점 파괴되어 간다는 뜻이겠지…. 그러다가 뇌간까지…."

"그래서 뭐. 스캔을 해서 어떻게 하라고? 너도 알잖아. 스캔하려면 뇌를 통째로 꺼내서 슬라이스 해야 한다는 걸. 따지고 보면 죽이는 거나 다름없잖아! 그리고 또!"

"그래. 하고 싶은 말 다 해봐."

"스캔한다고 해서 뭐가 달라지지? 희주의 기억을 스캔했다고 쳐. 그런 다음은 뭐가 되지? 기억들은 단순히 하드디스크에 데이터 조각으로 존재할 뿐이야. 다시는 희주를 볼 수 없다고!"

"그래, 거기까지는 알고 있어. 자 이제 내가 말해볼게. 냉철하게 말하자면 희주는 곧 죽을지도 몰라. 뇌사상태까지만 가도 기억의 조각조차 찾을 수 없게 돼. 그런데 지금은 아직 희망이 있어. 식물인간 상태에서 의식을 찾은 사람도 있었잖아? 기억이 남을 수 있다고!"

"좋아. 그럼 남아있는 기억이라도 수거했다고 치자. 그럼 그다음은? 어쩔 건데? 그 형태도 없을 기억의 조각들을 어디에 쓴다는 거야?"

"지금 중국에서 알파고 대항하기 위해 만들고 있는 AI 씬쉬찌라고 알아? 베이징 대학 BTIT계 연구팀에서 씬쉬찌로 실험용 침팬지에 기억이나 지식을 주입하는 방법을 연구하고 있어. 그리고 우리 상위 계열사에서 인공 자궁 연구 착수한다는 거 알아? 인공 자궁. 자 여기서 내가 말하고 싶은 게 뭔 줄 알아?"

"모르겠어."

"자 너희 부부가 생전에 인공수정을 위해 넉넉한 수의 난자를 보관했었지. 냉동 난자의 보관 기간은 길어봤자 앞으로 5년. 5년 안에 사람을 배양할 수 있는 인공 자궁을 개발하면 돼."

"인공 자궁을 개발해서 아이를 만들라고? 맙소사…"

"아이를 만드는 건 맞아. 일단 딸을 만들어."

"왜 굳이 딸을 만들어야 하지?"

"*미토콘드리아는 모계로부터 이어지지. 즉 너희 딸의 난자와 희주의 난자의 미토콘드리아에 의한 충돌이 일어나지 않을 거야. 그 상태에서 희주의 조직세포에서 추출한 세포핵을 삽입해서 희주를

---

*미토콘드리아 세포 소기관의 하나로 세포호흡에 관여한다. 미토콘드리아는 오로지 모계로부터만 유전되는데, 이는 정자와 난자의 수정 시, 정자의 중편에 있는 부계 미토콘드리아는 난자 속으로 들어가지 못하고, 정자의 머리 부분만 난자 안으로 들어갈 수 있기 때문에, 수정란이 분열을 하게 되면 난자에 있던 모계 미토콘드리아만 남게 되기 때문이다. 즉, 돌연변이가 없는 한, 어머니와 자식의 미토콘드리아 유전정보는 동일하다.

살려내는 거지."

"복제인간을 만들라는 소리인가? 단단히 미친놈이군. 그게 우리 나라에서 가능할 것 같아?"

"나머지는 그때 가서 생각해 보자고. 나한테 다 계획이 있어.""근데 바로 복제하지 않고, 먼저 딸을 만들라는 이유는 뭐야?"

"음… 젖소에서 예를 들어보자. 젖소를 인공복제할 때 성공할 확률이 10%야. 그것도 냉동되지 않은 신선 복제 수정란 성공률이 10%라고. 그런데 희주 씨의 남은 난자는 몇 개 안 될 텐데, 굳이 그걸로 10%도 안 되는 도박에 걸 필요가 있을까? 우선 딸을 만들고 넉넉한 개수의 난자를 채취하면 돼!"

"이런 미친 또라이를 친구로 두고 있었다니. 상상도 못 했군…"

지섭은 한숨을 푸욱 쉬더니, 무언가 결심한 듯 말을 이어간다.

"후우… 하지만… 희주를 한 번만 더 볼 수만 있다면… 나 또한 미친 자식이 되어도 상관없어…"

"그래. 과학이 이토록 발전한 이유는 이기심 때문이야. 너의 이기심이 또 다른 진보를 낳을 수 있기를 바란다. 나는 팀장님께 너를 인공 자궁 개발팀에 넣어달라고 추천서를 써달라고 할 생각이야. 어때. 생각 있어?"

"내일까지만 시간을 줘."

"선비는 선비군…. 본인들 욕심은 챙기고 싶은데, 거기에 윤리까지 챙기려니 생명과학 발전이 더디지…."

해가 밝았다. 따스한 봄날 아침.

"하자."

밤새 고뇌한 지섭은 힘겹게 말을 꺼냈다.

"해보자고. 그거."

"잘 생각했다. 네 성격에 많이 고민했을 텐데… 나는 우리 팀에 남아서 희주 씨 기억 샘플 무슨 일이 있어도 지켜주마."

그렇게 희주의 몸은 연구실로 이송되어 뇌가 척출되고, 세포조직을 채취하고, 남은 장기들은 기증되었다. 사망 진단서를 발급받고, 시신이 안치되었다.

염습 날.

지섭은 꽁꽁 얼어있는 희주의 이마에 입맞춤한다.

"희주야… 조만간 다시 보자… 그때까지 조금만… 기다려줘. 꼭 해낼 테니까."

그렇게 지섭은 희주를 잠시 보내주었다. 그는 예정대로 인공 자궁 연구팀에 들어가 악착같이 연구에 몰두했다.

그의 노력이 곧 희주의 운명이었기 때문이었다.

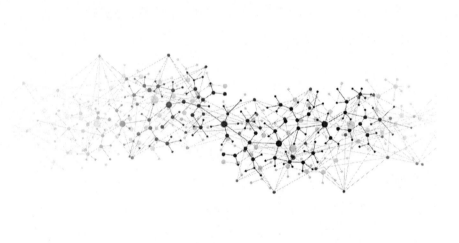

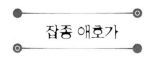

잡종 애호가

"안 돼! 절대 안 돼!"

"아이코, 잡종 개는 값어치가 없다."

일본 아오모리 현.

고쇼가와라 시 외곽의 작은 농촌 마을 마쓰노키에 어린 소녀의 큰 고함이 울려 퍼진다.

"그렇지만 배 속에 있는 아기들을 어떻게 죽일 수 있어요?"

"근본도 없는 똥개의 새끼들이기 때문이지. 우리네 푸들은 순수 혈통이거든."

"혈통이 뭔데요? 그게 생명만큼 중요한 거예요?"

"그런 건 아니지만…. 불쾌하잖아."

"그렇다고 아직 태어나지도 않은 아기들을 죽이겠다는 거예요?"

아이코의 동네에 사는 푸들이 떠돌이 똥개와 아이를 가졌던 모양이었다. 아이코는 어린 나이였지만 단번에 상황을 직감했고, 아직 태어나지도 않은 강아지들의 생명을 지켜냈다.

그리고 그 소녀는 그때 처음으로 잡종이라는 단어를 알게 됐다.

그 소녀의 이름은 노토 아이코.

소녀는 도쿄에서 태어났지만, 어머니인 사와코의 지병 때문에 공기 좋고 물 맑은 시골 마을로 내려왔다. 사와코는 선천적 유전병인 심각한 천식이 있었기 때문이다.

"아이코~ 저녁 먹을 시간이다."

"네, 엄마!"

아이코의 아버지는 사와코의 지병을 핑계로 이혼하고, 새로운 여자를 만나 재혼했다. 그는 넉넉한 자산가였기 때문에 아이코 모녀가 살아가기엔 넉넉한 위자료를 주고 떠났다.

"와~ 오늘은 맛있는 버섯 전골이네!"

"조촐하지만, 맛있게 먹으렴."

"잘 먹겠습니다~!"

사와코는 시골에 내려와 텃밭농사와 버섯 재배를 하며 생계를 유지했다. 사실 경제적으로 부족함은 없었다. 그저 아픈 몸이라고 해도 아이코에게만큼은 건강하게 생활하는 모습을 보여주고 싶었기 때문이 아닐까.

아이코는 어머니가 아프다는 것 정도는 일찍이 눈치채고 있었다. 그리고 버섯이라면 질리도록 먹어서 더이상 먹고 싶지 않았지만, 기특하게도 아픈 어머니의 정성을 알았기 때문에 맛있게 먹어주고는 했다.

아이코의 집 마당에는 아이코가 무척 아끼는 노새 한 마리가 있었다. 아이코는 겐코라는 이름도 지어줬다. 튼튼하고 건강하다는 뜻이었다. 그런 이름을 붙여준 이유는, 그녀의 어머니께서도 겐코처럼 건강해지시길 바라는 어린 아이코의 작은 소망 때문이 아닐까?

사와코는 종종 아이코와 겐코를 데리고 근처 산인 초자모리야마 산과 마타하쿠 산에 버섯을 캐러 다니기도 했다. 야생 버섯은 집에서 재배하는 버섯과는 또 다른 맛이 있었기 때문에 어린 아이코에게는 보물찾기라도 하는 기분이었다.

종일 추적추적 비가 내리던 날이 지난 다음 날, 사와코는 아침 일찍 산에 갈 채비를 마쳤다. 사와코는 겐코를 끌고, 아이코는 겐코의 등에 업혀서 마타하쿠 산에 버섯을 캐러 갔다. 산이 그리 높지는 않았지만 아직 나이가 어린 아이코와, 천식으로 고통받는 사와코가 오르기에는 조금 벅찼다. 산 중턱 즈음 도착해서 본격적으로 버섯 찾기를 시작했다.

"엄마! 여기 여기! 겐코야! 이리와!"
"끼이히히힝~!"
겐코가 울음소리를 내며 달려온다. 사와코도 천천히 뒤따라온다.
"음. 이건 먹지 못하겠구나."
"이렇게나 예쁜걸? 가져가면 안 돼?"
노란 망태버섯이었다.
"이 녀석은 잠깐 피었다가 금방 진단다. 집에 가져가면 밤이면 흐물흐물해질 거야. 먹지도 못하니 두고 가는 게 어떻겠니?"

"네, 알겠어요."

아이코는 숲을 한참을 헤맨다. 사와코는 그런 아이코를 흐뭇하게 쳐다본다.

"아이코~ 너무 멀리 가지는 말렴!"

"네!"

아이코는 개울가 옆의 썩은 잡목 옆에 멈춰 섰다. 영롱한 붉은 빛을 내는 버섯 하나를 번쩍 들어 올리고는 어머니를 바라보았다.

"엄마! 예쁜 빨간 버섯이야. 이건 가져가도 돼?"

"응 그건 먹을 수 있는 거란다. 붉은 그물버섯이라고 맛있는 버섯인데 용케도 찾아냈구나. 아이코!"

노새 옆구리에 채여 있는 망태기에 버섯을 담았다.

아이코는 잡목 옆에 있던 까무잡잡한 버섯을 내려다보았다.

"으… 엄마 저건 조금 맛없게 생겼어…"

"오, 저건 귀신 그물버섯이라는 건데, 저것도 먹을 수 있단다. 가져가 볼까?"

"음… 안 예쁘게 생겨서 맛없을 것 같은데…"

"아이코, 생김새는 중요하지 않단다. 외면이 아니라 내면을 볼 줄 알아야 하는 거야."

"외면? 내면? 그게 무슨 말이야?"

"음… 어떻게 설명해야 좋을까. 겉모습이 아니라 그 안의 가치를

본다? 끄응… 더 쉽게 말하면 겉이 아니라 속을 본다?"

"겉이 아니라 속을 본다고?"

"후후. 아이코가 어느 정도 성장하면 이해할 날이 올 거야. 우리 아이코는 똑똑한 아이니까."

"난 지금도 알 수 있을 것 같아! 맛없어 보여도, 먹어보면 맛있다는 거잖아 그치?"

"하하. 그렇게 이해했구나. 틀린 말은 아니지. 이 버섯도 분명 맛있는 버섯이거든!"

"헤헤"

아이코가 까르르 웃으니 겐코도 마냥 신나는지 끼히히힝 소리를 내지르며 주위를 번쩍번쩍 뛰고 있다.

그날 저녁엔 모처럼 소고기 버섯 꼬치구이를 해먹었다. 한적한 시골 마을, 비단결 같은 은하수가 수놓은 밤하늘 아래에서 숯불에 구워 먹는 꼬치구이는 더할 나위 없이 맛있었다.

사와코는 평소에는 늘 기력이 없고 자주 앓아누워있으면서도, 아이코가 어디론가 가고 싶어 하면 자리에서 일어나 따라나섰다. 비록 도시 아이들처럼 고급 과외를 시켜주거나, 학원을 다니게 할 수는 없었지만, 아이코가 바르고 현명한 아이로 자랄 수 있도록 노력했다.

"엄마! 청개구리야! 그것도 아주 큰 청개구리!"

"그러네. 청개구리가 엄청 크구나."

뒤뚱뒤뚱 논바닥을 헤쳐 나가 고사리 같은 손으로 청개구리를 잡아왔다. 온몸이 진흙투성이였다.

"짜잔! 엄마 선물!"

"하하. 엄마는 괜찮은데~ 자연에서 잘 살게 놓아주는 게 어떨까?"

"엄마. 개구리는 얼마나 살아?"

"음… 한 7~8년 정도로 알고 있어. 잡아먹히지만 않는다면."

"사람은?"

"사람은… 보통 70~80살 정도까지 살지…."

"우와…. 10배나 차이 나네! 엄마도 나랑 같이 오래오래 살자!"

"…."

그녀는 말을 잇지 못했다. 그저 아이에게 미안한 마음이 들 뿐이었다. 어린 딸아이에게 자신의 수명이 얼마 남지 않았다고는 차마 말할 수 없던 것이다.

하지만 아이코는 어느 정도 직감하고 있었다. 어머니가 많이 아프다는 것을. 그래서 굳이 이런 말을 건넨 것이 아닐까 싶다.

아이코네 집 안에는 작은 거북이도 살았다. 시장에 갔을 때 입양해 온 이 보석 거북이의 이름은 쵸시였다. 장수(長壽)라는 뜻인 쵸우세이의 줄임말이었다. 장사꾼은 그 녀석의 수명이 약 30년이라고 했다.

아이코는 사와코를 졸라 이 녀석을 입양해왔다. 말로는 귀엽고 예쁘다며 입양해 온 것이었는데, 사실 어머니와 30년만이라도 더 함께했으면 하는 마음에 데려온 것이었다.

"쵸시! 밥 먹자~."

좁은 어항, 중국산 싸구려 여과기, 개울가에서 주워온 모래, 열 악한 환경에서 그나마 창가에 있어 일광욕이라도 즐기는 게 낙이 었던 이 거북이는 아이코의 정성 덕분에 무럭무럭 튼튼하게 자라 고 있다.

"챱챱."

쵸시가 밥 먹는 모습을 보면서 한껏 들떠서는 발을 동동 구르는 아이코의 모습은, 언제나 사와코에게 흐뭇한 미소를 선사했다.

아이코가 7살 즈음 먹었을 때, 사와코는 텃밭에서 전골에 쓸 배 춧잎을 뜯다가 배춧잎 뒤에 다닥다닥 붙어있는 알을 발견했다. 그 녀는 배춧잎 일부를 플라스틱 통에 담아 넣어 아이코에게 선물했 다.

"아이코, 보렴. 이 조그마한 알갱이들이 뭘까?"

"뭔지 알 것 같아. 알인 것 같아. 그런데 누구의 알일까?"

"아이코가 한번 지켜보지 않을래? 일기를 써도 좋아. 무얼 먹고, 어떻게 자라는지 엄마한테 얘기해주런?"

"으... 귀찮아..."

"그렇지만 이 생명체들의 일생을 네가 관찰하고 기록하는 거란 다. 정말 값진 일이지 않니? 정 어려우면 엄마랑 같이 해볼까?"

"아니야. 나 혼자 할 수 있어. 한번 해볼게"

얼마 지나지 않자 알이 부화했다. 영롱한 연둣빛을 띠는 길쭉한 애벌레 두 마리가 각자 알에서 기어 나왔다.
"엄마! 이것 봐봐! 애벌레가 알에서 나왔어!"
"드디어 나왔구나. 지금은 아기란다. 싱싱한 채소를 주면서 정성을 쏟다 보면 잘 자랄 수 있을 거야."

아이코는 꼬물이랑 꿈틀이라는 귀여운 이름도 지어줬다. 그렇게 아이코의 사랑을 받으며 어느덧 막바지 단계인 5령까지 성장한 애벌레들. 그런데 언제부터인가, 싱싱한 잎만 보면 눈이 돌아가 닥치는 대로 먹어치우던 모습은 온데간데없고, 움직임도 굼떠지고 먹이도 안 먹는다.

"엄마. 꼬물이 꿈틀이가 밥도 안 먹고 안 움직여… 아픈 거야?"
"아니란다. 드디어 노력의 결실을 볼 때가 다가왔나 보구나."
"좋은 일이야?"
"그럼~! 아주 기쁜 일이지. 조금 더 지켜보련?"

애벌레는 굵은 잎줄기에 철썩 붙어 분주하게 꿈틀거린다. 다음 날 보니 길쭉하고 뾰족한 모습으로 변해있었다.
"엄마, 이게 결실이란 거야?"
아이코의 목소리에는 실망감이 잔뜩 묻어있었다.

"아니, 아직이야. 결실을 보기 위해선 '인내'가 필요하단다. 지금 꼬물이, 꿈틀이는 '인내'하고 있는 중이야. 기다리고 있다는 뜻이지."

"음… 안 움직이니까 죽은 것 같아. 슬퍼."

"조금만 더 기다려 보자꾸나."

애벌레들은 번데기가 되었다. 그걸 잘 몰랐던 아이코는 실망을 하고 애벌레들에게 흥미를 잃었다. 보름쯤 지났을까. 이른 아침, 사와코는 평소보다 일찍 아이코를 깨웠다.

"엄마, 무슨 일이야?"

"아이코! 이것 보렴. 결실을 보고 있어!"

"우와아아!"

보름 내내 움직이지 않던 꿈틀이, 꼬물이가 우화를 하는 것이었다! 새하얗고 투명한 날개가 우아하게 기지개를 켠다. 이윽고 몸체를 전부 비집고 나와 날개를 말리고 있다.

"보렴. 아름답지? 꿈틀이, 꼬물이는 지금 이 순간을 위해 알 때부터 열심히 밥을 먹으며 노력하고, 번데기가 되어 인내한 거야. 우리 아이코도 커서 멋지고 아름다운 어른이 되기 위해 노력하고, 인내하는 법을 알아야 한단다."

"알겠어요. 엄마."

"그래, 우리 사랑스러운 아이코. 엄마 말을 잘 들어줘서 너무 고맙구나. 기특하기도 해라."

사와코는 아이코의 머리를 한껏 쓰다듬어준다.

"헤헤"

아이코는 활짝 웃는다.

"엄마, 근데 이제 애네들 어떻게 해?"

"이 작은 플라스틱 통에서는 날 수 없으니, 조금 더 큰 세상으로 나가야겠지? 날개가 다 마르면 풀어주자꾸나."

"힝…. 정들었는데 아쉽다…."

날개가 다 마르고 플라스틱 통에서 투닥투닥 이리저리 날아다니면서 좁은 플라스틱 통 벽에 쿵쿵 부딪히는 배추흰나비들. 아이코는 황급히 통을 들고 마당에 나갔다.

"알았어. 알았어. 나가게 해줄게!"

아이코는 고사리 같은 손으로 플라스틱 통을 활짝 열어 머리 위로 힘껏 들어 올렸다.

채집통에서 나와 새하얀 날개를 살랑살랑 흔들며 날아오르는 것이, 아이코에게는 마치 자신에게 손을 흔들어주는 것 같다고 느꼈다.

꿈틀이와 꼬물이는 각자 다른 방향으로 흩어지더니 아이코의 시야에서 사라졌다.

"잘 살아라. 꿈틀이, 꼬물이~."

아이코는 손을 흔들며 작별인사를 했다.

팔락팔락 날아가던 꿈틀이는 개울가에 자리한 잡초 잎에 사뿐히 내려앉았다. 그때였다!

"스르륵-!"

이전에 아이코가 풀어준 청개구리였다. 꿈틀이는 그렇게 생을 마감했다.

겨울이 왔다. 사와코는 갈대밭에서 사마귀 알집을 주워왔다. 집에 와서 아이코를 부르더니 손에 쥐어준다.

"엄마, 이게 뭐야? 스펀지처럼 생겼어."

"사마귀 알집이란다. 지난번에 나비 알과는 다르게 생겼지?"

아이코는 그날 밤 상상 속에 빠졌다. 엄청 큰 애벌레가 사마귀 알집에서 나와서 잎을 갉아먹을 생각이 스쳐지나갔다. 등골이 오싹했다.

이듬해 봄. 사와코는 아침 준비를 하기 위해 일어나 부엌으로 향했다. 창가에 놨던 사마귀 알집에서 뭔가 꾸물거리고 있었다.

"아이코! 사마귀가 태어났나 봐! 안 볼 거니?"

"사마귀?"

아이코는 벌떡 일어나서, 조르르 달려 나왔다.

마당에 플라스틱 통을 가져다 놓고 뚜껑을 열었더니, 사마귀 유충들이 줄줄이 기어 나오고 있었다.

"엄마…! 조그마한 사마귀들이 우르르 나오고 있어! 대단해! 아기 사마귀는 어른 사마귀랑 똑같이 생겼구나! 크기는 많이 작지만… 엄마, 이것 봐! 줄지어서 나오고 있어."

새벽 아침노을 빛에 노랗게 물든 사마귀 집과 사마귀 유충들의 황홀한 행진은 어린 아이코에게 특별한 기억이 되었다.

어느덧 아이코는 초등학생이 되었다.

입학식 날, 아이코는 사와코의 손을 꼬옥 잡았다. 아이코의 손이 살살 떨리고 있음을 사와코도 모르지 않았다.

집에서 가정교육만 받아왔던 아이코는 학교라는 장소가 낯설다. 유년기에 겐코나 쵸시랑이나 시간을 보냈지, 또래 친구들과는 아직 어울려본 적이 없었기 때문이다.

"엄마… 떨려…"

사와코는 쭈그려 앉아 아이코와 눈높이를 맞추더니 아이코의 두 손을 한데로 포개었다.

"괜찮을 거야. 아이코는 착한 아이니까, 분명 좋은 친구들을 많이 사귈 수 있을 거야."

사와코의 한마디가 아이코의 떨림을 조금이나마 달랬다.

아이코는 생각보다 학교생활을 잘해냈다. 어머니를 닮아 예쁘장한 편이었고, 당돌한 성격에 똑똑하기까지 해서 친구들을 사귀는 데 어려움이 없었다.

"아이코. 우리랑 같이 놀지 않을래?"

같은 반 히카리라는 여자아이였다. 히카리는 성격도 좋고, 공감 능력이 좋아서 교우 관계가 매우 좋은 친구였다. 하물며 다른 반 친구들하고까지 스스럼없이 지낼 정도였으니.

그런 히카리가 아이코에게 손을 내민 것은 아이코만의 어떤 기운이 마음에 들었기 때문인 것 같다. 히카리의 무리는 아무나 들어갈 수가 없었다. 그녀의 무리에는 한 덩치 하는 토모요리와, 1학년들 사이에서 예쁘다고 난리 난 미사코뿐이었다.

아이코는 그들 사이에 끼는 것이 나쁘지 않아서 같이 놀기는 했지만, 친구들끼리 두루 친해지는 게 좋지 않을까 하는 입장이어서 그 무리에 딱히 들어가거나 하지는 않았던 것 같다.

아이코의 학교에는 일본-태국 혼혈인이 있었다. 카타요시 유키. 눈이 튀어나올 듯이 크고, 피부가 조금 까무잡잡했던 그의 생김새는 학기 초에 또래 친구들의 놀림감이 되기에 충분했다.
"바케모노 유키~."
"기모찌 와루이…."
아이들은 두 가지 부류로 나뉘었다. 대놓고 유키를 놀리거나, 유키를 경멸 어린 시선으로 쳐다보며 피하거나.
"당장 그만둬!"
아이코는 그때마다 유키를 괴롭히는 친구들에게 소리를 질렀다.
아이코를 무서워하는 남자아이들은 깜짝 놀라 도망치고는 했다.
히카리 또한 거들었다.
"얘들아, 유키도 우리 친구잖아. 사이좋게 지내자."

아이코는 자꾸 겉돌고 있는 유키를 친구들과의 대화에 끼워주고는 했다. 그런 아이코에게 고마운지 유키는 용기를 내어 대화에 끼어보았지만, 어눌한 그의 일본어 실력으로는 아이들과 의사소통이 잘되지 않았다. 심지어 태국인 어머니의 영향을 받은 발음 때문인지 아이들은 더욱 이질감을 느꼈다.
"주말에 엄마랑 시내에 놀러 갔다나 봐! 재밌었겠다~."

그럴 때마다 히카리는 유키의 어눌한 말들을 잘도 캐치해내어, 통역자 역할을 자처하였다. 아이코는 그런 히카리의 모습에 감동했고, 둘의 사이는 조금 더 가까워졌다.

학기가 지나 여름방학이 되었다.

방학숙제로 곤충 채집이 있었는데, 히카리는 친구들을 모아놓고, 매미를 잡으러 가자고 했다. 물론 아이코와 유키도 함께였다.

"자… 작았따…!"

"우와~ 유키가 제일 먼저 잡았다! 유키 대단한걸?"

히카리는 유키를 치켜세우며, 아이코 쪽을 쳐다보며 눈을 찡긋했다. 아이코 또한 히카리에게 활짝 핀 웃음으로 답했다.

그러한 그녀들의 노력에도 불구하고 유키를 향한 경멸 어린 시선은 사그라지지 않았다.

어쩌면 순수한, 가려지지 않은 어린아이들의 진심이 담긴 경멸과 멸시의 시선은 유키의 어린 마음을 갈기갈기 찢어 상처 입혔다. 고학년으로 갈수록 점점 그 빈도가 잦아지고, 악독해졌다.

중학교에 올라간 아이코. 시골 학교였기 때문인지 초등학교 동창들이 다 같이 중학교에 입학했다. 그때부터였을까, 친구들은 끼리끼리 무리를 짓기 시작했다. 노는 놈은 노는 놈들끼리, 그저 그런 놈들은 그저 그런 놈들끼리. 그렇게 지어진 무리는 서로를 헐뜯고 편들고 하였고, 그런 광경을 아이코는 도무지 이해할 수가 없었다.

"왜 무리를 짓는 걸까? 다 함께 친해지는 편이 더 좋지 않나?"

그렇게 몇 개월이 지났고, 어느덧 반에 혼자 남게 된 아이코에게 손을 뻗어준 사람은 히카리였다.

"아이코, 너는 왜 매일 혼자 다녀? 너만한 아이가 혼자 다니는 건 정말 안타까운 일이야. 우리랑 같이 다니지 않을래?"

"히카리, 왜 친구들은 끼리끼리 모여 다니는 걸까? 초등학생 때처럼 다 함께 다니는 게 좋을 것 같은데…"

"우리 엄마가 그랬는데, 원래 사람은 사회적인 동물이랬어. 혼자서 살아가기에는 벅차기 때문에 무리를 지어 다니는. 그리고 무리의 단결을 위해 남의 무리를 헐뜯는…. 음 너무 많이 갔나?"

"무슨 소리인지 잘 모르겠어."

"굳이 궁금하다면 설명해줄게. 무리를 형성하면 반드시 내부적으로 분열이 일어나게 되어있어. 하지만 외부에 적을 만들어 두면, 그 적에 대항하기 위해 무리는 더욱 끈끈해지지. 단결되는 거야. 그리고 지금은 한창 사춘기인 만큼 무리에 들어가야 한다는 강박관념에 사로잡혀 있을 거야. 그렇기 때문이라고 생각해."

"네, 말은 이해했지만 그렇게 행동하는 이유는 이해 못 하겠어."

"뭐, 상관없어. 나는 너와 함께 다닐 거니까."

히카리가 아이코를 꼬옥 껴안았다.

"우리랑 함께하자 아이코, 우린 분명 좋은 친구가 될 거야!"

결국 아이코는 히카리의 무리에 들어가게 되었다. 털털한 성격의 토모요리와, 예쁘고 눈치 빠른 미사코, 영리하고 착한 아이코는 히카리의 무리를 더욱 빛나게 했다.

어느 날, 그들은 급식실에서 매점을 향해 걸어가고 있었다.

터벅터벅 걸어가면서 미사코가 투덜거리며 말했다.

"끄응… 급식이 이게 뭐람. 분명 매점이랑 밀약했을 거야. 매점 잘 팔리라고 급식을 일부러 이렇게 만드는 것 같아. 뭐, 우리가 그 대상이지만."

"나도 동의해. 시골 학교라고 나물만 나오다니…. 이건 너무하는 거야."

그때 중학교 음지에서 투닥거리는 소리가 났다.

"다시 한 번 말해 봐! 이 새끼야!"

"하…흐지마…."

"뭐라고? 뭐라는 건지 못 알아듣겠는데?"

구석에서 잔뜩 웅크리고 있었던 건 다름 아닌 유키였다.

다른 초등학교에서 온 무리에게 맞고 있었던 것이다. 아이코는 주먹에 힘을 꽉 쥐더니 남학생들 쪽으로 뚜벅뚜벅 걸어나가기 시작했다.

"잠깐."

히카리가 막아섰다.

"아이코. 너까지 괜히 휘말릴 수 있어. 그래도 괜찮겠어?"

"그렇지만 보기만 할 수는 없잖아! 너는 안 말릴 거야?"

"그래. 그러면 저 무리가 우리 무리를 짓밟게 되어도 상관없어?"

"그게 무슨 소리야. 유키를 구하겠다는데, 그게 왜 그렇게 돼?"

"만약 네가 유키를 구하려다가 우리까지 휘말려서 쟤네들한테 찍혀도 상관없다는 거지?"

"그… 그건…."

잠시 뜸 들이다가 입을 열었다.

"내 행동이 만약 우리 무리에게 피해가 된다면, 차라리 이 무리에서 나가겠어. 난 단지 유키를 지키고 싶어!"

"좋아, 아이코."

히카리와 토모요리가 아이코를 뒤로하고는 터벅터벅 다가간다.

"어이, 너희들 당장 그만둬!"

한창 때리고 있던 남자 패거리들이 히카리와 토모요리를 쳐다본다.

"뭐야? 계집년들이… 너희도 좀 맞아볼래?"

토모요리가 앞장섰다.

초등학생 때부터 배구부에 입단한 토모요리의 거대한 키를 보며 남학생들은 엄청난 위압감을 느꼈다. 그때 남학생 중 한 명이 입을 열었다.

"야…야… 저기 쟤. 히카리라는 애… 우리 학교 선배들이랑 엄청 친하대… 빠지는 게 좋겠어."

"그… 그럼… 흥! 운수 좋은 줄 알아라! 유키! 너는 내일까지 못 갖고 오면 진짜 끝장날 줄 알아라!"

남자 패거리들은 유키를 두고 떠났다.

그제야 아이코는 다다다 달려가서 유키를 일으켜 세운다.

"야! 너는 왜 중학교 와서도 맞고 있어?"

"차… 참견 마…."

유키는 창피하다는 듯이 아이코의 손을 뿌리치고 어디론가 뛰쳐
나갔다.

"저런, 저런… 안타깝네. 사회성이 결여된 친구군."

멀찍이서 지켜보던 미사코가 유키를 보며 혀를 찼다.

"아이코, 너 혼자 뛰쳐나갔으면 큰일 났을지도 몰라. 다음부터는
우리를 조금 의지해줬으면 좋겠어. 우린 친구잖아?"

"고마워 히카리… 하지만…."

"해를 끼치고 싶지 않다는 얘기지? 우리한테 해가 될 건 없어. 단
지 네가 해를 입지 않았으면 할 뿐이야."

"다들 도와줘서 고마워."

아이코는 그들에게 조금 더 의지하게 되었다. 어딘가에서 맞고
있는 유키를 찾아내서 말리기도 하고, 선생님께도 말씀드려 보았
다.

"알겠다. 우선 가해 학생들을 징계위원회에 회부하도록 하마."

유키를 괴롭히던 아이들은 봉사활동 30시간을 부여받았다. 그
들은 더욱 폭주했고 더욱더 유키를 괴롭히기 시작했다.

"선생님! 아이들이 더 유키를 괴롭혀요! 그들을 전학 보낼 수 없
나요? 유키가 너무 걱정돼요…."

"아이코, 넌 착한 아이라는 거 안다. 하지만 우리 학교가 이 근방
에 있는 유일한 중학교라 아이들을 전학 보내기도 쉽지 않을뿐더
러, 안 그래도 부족한 학생 수를 유지하는 것도 중요하단다."

"학생 수요? 학생이 학생으로부터 피해를 입고 있는데 학생 숫자가 중요한가요? 저는 이해 못 하겠어요. 좀 더 강한 체벌을 원해요."

교무실 앞에는 히카리의 무리가 이를 엿듣고 있었다. 무언가 대화를 주고받는다. 아이코가 교무실에서 나왔다. 히카리가 입을 연다.

"아이코. 할 말이 있어."

"뭔데?"

"유키에 대한 건, 이제 신경 쓰지 말아줬으면 좋겠어."

"뭐라고? 너마저?"

미사코도 한마디 한다.

"너는 똑똑해서 우리 학교에서 성적 상위권을 유지하고 있잖아. 분명 좋은 고등학교에 진학할 수 있을 거야. 그런데 유키 같은 애 때문에 너에 대해 선생님들이 안 좋은 이미지를 가지게 되면 너한테 피해가 가잖아. 어차피 그 녀석, 우리 거들떠보지도 않던데 그냥 모른 척하자 이제."

"너희들한테 실망했어."

"뭐라고?"

토모요리가 어이없다는 듯이 되묻는다.

히카리가 다시 말을 잇는다.

"널 위해 하는 말이야. 어차피 학교에서 손 쓸 방법도 없어. 그

녀석들 부모님이 이 지역 큰손이시거든. 그리고 나랑 '토리가 커버
쳐주는 것도 한계가 있어. 그 녀석들도 세력이 없는 게 아니거든."

"그래. 걱정해줘서 고맙지만, 그럼 차라리 난 개인으로 행동할게."

아이코는 이미 준비가 되었다는 듯이 말하고는, 복도를 따라 떠
났다. 그런 아이코의 뒷모습을 지켜본 토모요리와 미사코는 못마
땅하게 쳐다보지만, 히카리는 뒤돌아서 마음속 깊은 곳에서 솟구
쳐 나오는 웃음을 참기 위해 애쓴다.

'쿡… 끄큭…'

미사코는 그런 히카리의 모습을 흘겨보며 무언가 낌새를 알아
챈 듯했지만 일부러 못 본 척 고개를 돌린다. 토모요리는 아이코
가 사라진 복도 쪽을 바라보며 열분을 토했다.

"아니, 그동안 우리가 해준 게 얼만데, 어이가 없네? 걱정해주니
까 자기가 뭐라도 된 줄 아나 보지?"

히카리는 다시 뒤돌아보고는 지긋이 말했다.

"너무 그러지 마. 애초에 우리랑 안 맞는 친구였나 봐."

다음날, 아이코는 종일 혼자 다녔다. 히카리의 무리는 그녀를 보
아도 일부러 모른 척 지나가고는 했다. 힘 있는 무리이었던 히카리
의 무리에서 떨어져 나온 아이코에게 주어지는 시선은 매우 따갑
고 차가웠다.

"야, 쟤가 히카리랑 싸웠대."

---

* **토리** 히카리 무리가 쓰는 토모요리의 애칭

"히카리 따까리 주제에 무슨 깡으로?"

"모르겠어. 히카리랑 트러블 생길 정도면 뭔가 있지 않겠어?"

"하긴… 히카리만큼 착한 애도 없으니까."

하지만 아이코는 동요하지 않았다. 자신의 신념에는 전혀 문제가 없었다고 생각했기 때문에 끝까지 관철하겠노라 생각했다.

그녀는 홀로 밥을 먹고, 쉬는 시간에도 홀로 했다. 어렵지는 않은 일이었지만, 뭔가 허전하고 공허하다는 느낌이 든다는 사실은 아이코도 부정할 수 없는 현실이었다.

아이코는 어제의 무리생활이 그리웠지만, 자신의 신념을 굽히지 않으려는 듯 애써 괜찮다고 스스로 되새겼다.

그날, 오후. 드디어 일이 터졌다.

"그만둬!"

유키를 괴롭히고 있는 남자 패거리들에게 아이코가 크게 호통을 친 것이다. 아이코는 사실 조금 떨렸다. 하지만 괴롭힘당하는 유키를 두고볼 수는 없었기 때문이다.

남학생들은 툭툭 바지를 털며 아이코에게 다가온다. 아이코의 몸을 아래에서부터 위로 쓱 흘겨보더니 음흉한 미소를 짓는다.

"야, 네가 뭐라도 된 줄 아냐? 너 때문에 봉사활동이고 뭐고 얼마나 짜증 났는지 아냐고! 이년아!"

"그렇지만 잘못한 건 너희들이잖아!"

"어쭈. 이것 봐라. 히카리랑 토모요리도 없이 덤벼보시겠다?"

"그…그래…! 너희들 그런 짓 하는 거 가만두지 않으면…!"

"웃기는군. 그래. 이제 저 자식 대신 너를 가지고 놀아야겠네."

한 남학생이 아이코의 긴 머릿결에 쓱 손을 가져다 댄다.

"그… 그만둬…"

"그때 그 기고만장했던 년은 어디 가고 이런 년이 나타났냐? 하하! 으하하하!"

"그만둬."

한창 희희덕거리던 남학생들을 잠재운 사람은 바로 히카리였다.

"야, 그냥 가자."

토모요리가 히카리를 말린다.

"아니, 쟤네들이 건드리는 꼴은 못 보겠다."

"이년들이 단체로 미쳤나! 야! 내가 아는 형이 누군지 알아?"

"아, 그 네가 떠벌리고 다니던 히데키 오빠? 내가 아는 오빠랑 형, 동생 하던 사이던데. 물론 히데키 오빠가 동. 생. 쪽이지만?"

"이…씨…"

"이제 가줬으면 좋겠는데."

"아이코 네년은 나한테 찍힌 줄 알아라. 앞으로 조심해라, 엉?"

남자 패거리들은 그 말을 남기고 분을 감추지 못하며 씩씩 떠나갔다. 아이코는 눈물을 흘리며 히카리에게 말했다.

"흑…흑… 고… 고마워… 흑."

히카리는 멀찍이 서서 싱긋 웃더니 무리를 이끌고 사라진다.

다음날에도 아이코는 혼자였다.

그런데 왜인지는 몰라도, 그녀에 대한 험담은 존재하지 않았다.

그 대신 아이코도 느낄 수 있을 정도로 무척이나 경멸스러워하는 아이들의 눈빛이 아이코의 등을 따갑게 내비쳤다.

'무슨 일이지… 어째서…? 날?'

유키에 대한 아이들의 괴롭힘도 멈추었다. 유키는 어안이 벙벙했다. 아이코는 이러한 경멸스러운 눈빛에 당황했지만, 오히려 유키는 자신을 무시해주는 상황이 무척이나 행복하게 느껴졌다.

아이코는 급식을 먹고 잔반을 버리는 도중에 어느 여자아이와 팔이 스쳤다.

"꺄악!"

소녀는 소리를 지르며 뛰쳐나갔다. 아이코는 당황해서 뒤쫓아가보니 급수대에서 팔을 빡빡 문지르고 있는 것이다.

"괜찮니…?"

"다가오지 마."

"뭐라고?

"저리 가!"

"왜 그러는 거야?"

"…"

소녀는 말을 잇지 않고 기나긴 복도를 가로질러 교실로 들어가버렸다. 아이코는 벙쪄서는 곰곰이 생각했다.

'생각하자. 생각하자. 뭐가, 어디서 잘못되었을까…'

어떤 경우의 수를 생각해도 답이 나오지 않았다. 수업에 집중을 하지 못하고 고민에 빠져있던 아이코. 종일 생각만 하다 보니 어느새 하교 시간이 되었다.

실내화를 갈아 신고 집으로 가려던 아이코 앞에 누군가 나타났다. 미사코였다. 미사코는 아무 말도 없이 아이코의 손을 잡더니 과학실 옆의 창고로 끌고 갔다. 아이코는 이루 말할 수 없는 반가움에 아무 말 없이 따라갔다.

"아이코, 오늘 뭐 이상한 거 없었어?"

"미⋯미사코! 오늘 조금 이상했어⋯ 나를 보는 눈빛이⋯."

역시라는 듯한 표정을 지은 미사코는 아이코에게 충격적인 말을 전했다.

"아이코. 잘 들어. 이렇게 말해주는 것도 이번이 처음이자 마지막일지도 몰라. 누군가⋯ 너에 대한 나쁜 소문을 퍼뜨린 것 같아. 너, 유키랑 했니?"

"뭐라고?"

깜짝 놀란 아이코의 입을 손으로 막으며 미사코는 말을 잇는다.

"지금 교내에 너랑 유키가 했다는 소문이 돌고 있어. 유키 네 태국계 어머니가 에이즈 보균자라서 유키도 에이즈 보균자라는 얘기는 한참 전부터 우스갯소리로 떠돌았거든. 그런데 엊그제부터 네가 음란한 애라서 여러 사람이랑 하다가 유키랑 하게 돼서 에이즈에 걸렸다는 소문이야."

"긒⋯ 그기 마리 디⋯?"

막은 입 사이로 억울하고 황당한 아이코의 설움이 새어나온다.

"나는 안 믿어. 믿고 있는 척할 뿐. 네가 그런 애가 아니라는 것 정도는 나도 알아. 다만⋯."

한참을 뜸 들이다가 말을 꺼낸 미사코.

"나한테, 그리고 히카리랑 토리한테 피해가 갈까 봐 동요하는 척할 뿐이야…. 아이코. 넌 어차피 제 발로 무리를 나갔어. 누가 그런 소문을 퍼뜨렸는지는 몰…라도 이제 우리들은 알 바가 아니야. 단지 나는 그간의 정을 봐서 정황을 말해준거야. 이제 나머지는 네가 판단하고 행동하도록 해. 너는 똑똑한 아이잖아?"

아이코의 입에서 손을 떼고, 아이코의 우는 모습을 보지 않으려 애써 뒤돌아 마지막으로 말은 했다.

"나는 갈게. 잘 지내. 아이코…."

아이코는 털썩 쓰러지더니 이내 눈물을 왈칵 쏟아냈다. 순수한 여중생의 마음에 이토록 날카롭고 쓰라린 말도 안 되는 현실은 그녀의 여린 마음을 산산이 찢어내고 있었다.

가슴 속의 무언가가 난도질당하여, 그 사이로 쇳가루 같은 날카로운 것들이 술술 새어 나오는 듯한 느낌이 들었다.

"흑…흐흑… 이게 뭐야… 말도 안 돼…."

부은 눈으로 집으로 돌아온 그녀는 돌아오자마자 문을 잠그고 침대에 누워서 생각했다.

'누굴까… 어떤 녀석일까… 남자 패거리들? 아니면 나를 시기하던 누군가?'

사와코는 꼭 잠겨있는 아이코의 문에 노크를 한다.

"아이코~ 밥 먹으럼~"

"됐어. 오늘은 안 먹을래."

"밥은 삼시 세끼 꼭꼭 챙겨 먹어야지."

"입맛 없단 말이야!"

"… 그럼 문 앞에 둘 테니 이따가 꼭 먹어라."

아이코는 목구멍에 무언가 넘어갈 기분이 아니었다. 밤새도록 생각하고 생각했다.

'내가 누군가에게 해를 입힌 적은 없어. 확실히. 누군가를 기분 나쁘게 한 건? 그 남자 패거리들뿐이야. 하지만 그렇다면 그 패거리들이 나한테 못되게 굴었을 텐데 그렇지는 않지. 게다가 유키도 괴롭히고 있지 않아. 미사코의 말이 사실이라면 그런 말도 안 되는 소문이 돌았다는 게 더 신빙성 있어.'

한참을 끙끙대며 고민한 아이코는 이런 결론을 내렸다.

'나를 시기하는 누군가가 나를 겨냥하고 저지른 일. 자, 그럼 해답은? 어떻게 하면 좋지? 선생님께 말한다고 해서 바뀌는 건 없겠지. 아이들 사이의 소문이니까. 아니라고 주장하기에는 이미 규모가 너무 커졌고 믿어줄 사람도 얼마 없어. 그리고 만에 하나라도 부인하는 데 성공한다고 해도, 유키는 또다시 괴롭힘을 당하게 될 거야. 유키는 지금 이 상황에서 만족하고 있는 것 같은데, 내가 오해를 풀게 되면 유키가 또다시 위험에 처하게 돼.'

아이코는 고민을 하다가 이불 속으로 쏙 들어갔다. 그러자 문득 번데기가 되었던 배추흰나비의 애벌레가 생각났다.

'그래. 버텨보자. 인내하자. 번데기처럼. 버티고 기다리다 보면 언젠가. 분명 언젠가는 나도 나비가 되어 날아갈 수 있을 거야.'

그날부터 아이코는 저질스러운 누명을 뒤집어쓴 채 생활했다. 주위의 시선이 의식될 때마다 번데기를 되새기니 더 이상 주위의 시선을 신경 쓰지 않게 되었다.

어느덧 중학교 3학년 2학기가 되었다.

사와코는 몸이 많이 약해졌다. 기껏해야 겨우겨우 요리를 하거나, 마당에 산책하는 정도로밖에 움직일 수 없게 되었다.

"다녀올게."

"그래, 잘 다녀오렴."

아이코는 우수한 성적을 유지했고 명문 고등학교 진학을 눈앞에 두고 있었다. 고등학교 입학시험 이틀 전날이었다.

어느 때처럼 홀로 하교 준비를 하고 있는 아이코에게 뜻밖의 인물이 찾아왔다. 2년 내내 모른 척하고 지내던 히카리였다. 히카리는 밝게 웃으며 말을 걸었다.

"아이코! 내일 고등학교 입학 시험이라며?"

"응. 그런데?"

"에이… 친구끼리 왜 그래~."

"친구라니, 히카리. 누가 보기 전에 그냥 가줬으면 좋겠어."

"아이코."

"응."

"사실은 나야."

"뭐가?"

"그 소문~."

아이코는 흠칫하며 히카리를 쳐다보았다.

"그 더러운 소문 만들어낸 사람⋯. 큭⋯ 크큭⋯ 나라고!"

히카리는 웃음을 겨우 참으며 말을 내뱉었다.

"⋯ 뭐라고? 잘못 들은 거 아니지?"

"응. 잘못 들은 거 아니야~! 크⋯ 크큭⋯ 그동안 많이 힘들었지?"

"너⋯ 이 자식⋯."

아이코는 치가 떨렸다. 최대한 이성을 잃지 않으려 애쓰는 아이코의 모습을 보며 히카리는 뜨거운 희열을 느꼈다.

"나는⋯ 난⋯ 너의 그런 점이 좋았어⋯ 꺄하하!"

"이런 미친년이⋯!"

"초등학생 때 기억나? 딱 보고 알았거든. 네 확고한 신념. 다른 애들과는 비교도 안 되는 강철같이 관철하는 너만의 신념. 나는 너의 그 점이 너무너무 마음에 들었어."

"그런 네가 어떻게 나한테 이럴 수 있어?"

"재미있을 것 같아서. 그렇게 고집하던 신념이 꺾이는 네 모습은 과연 어떨까? 얼마나 비굴해질까. 그리고 그 순수한 마음이 더럽혀지면 너는 어떤 아이가 될까. 너무 궁금해서 미치는 줄 알았다고! 그리고 지금! 나는 너무 행복해! 이렇게 감정적으로 흥분하고 있는 너라니! 하지만 이 순간을 오늘밖에 볼 수 없다니 너무 아쉬워!"

"겨우… 겨우 그런 알량한 생각으로 나를 이 지경으로 몰고 간 거야? 가장 믿었던 너인데… 너희에게만큼은 피해를 주고 싶지 않아서 3년간 외롭고 힘들게 지냈는데! 너는 그게 행복해?"

"꺄하하하! 너무 좋아. 이런 너의 모습. 완벽했던 네가 이토록 타락한 모습. 하지만 괜찮았잖아? 덕분에 네가 우리 무리를 버리면서까지 지키려 했던 유키도 지켰고, 너도 네 성적만큼은 지켜냈잖아?"

"…"

"다 내가 계산한 일이었다고. 서로서로 원윈… 아니야? 네가 바라던 게 이런 거였잖아? 안 그래? 꺄하하!"

"내가 바라던 건… 단지 다 같이 어울려 지내는 것뿐이었어… 그런데 너는…"

"맞아. 나는 그런 너를 위해 소문을 퍼뜨렸어. 욕받이를 해준 네 덕분에 우리 학년 아이들은 너를 경멸함으로써 하나가 되었지. 너에 대한 저질스러운 소문을 곱씹느라 3년 내내 분열이 일어나지 않았어. 유키 또한 괴롭힘당하지 않고 무사히 졸업을 앞뒀지. 자, 어때? 네가 이루고자 했던 이상을 내가 이루어줬는데, 고맙지 않니?"

"닥쳐!"

아이코는 히카리에게 묵직한 책가방을 내던졌다.

히카리는 아이코의 가방과 함께 복도까지 내동댕이쳐졌다.

"꺄악!"

히카리가 비명을 질렀다. 그러자 복도에 있던 한 여자아이가 달려와서 히카리를 일으켜 세웠다.

"히카리! 괜찮아? 저년이 그랬어?"

"아, 응. 별일 아니야… 미안해. 놀랐지?"

여자아이는 가방을 발로 차면서 아이코에게 소리를 질렀다.

"더러운 년. 인성이랑 성적이랑 반비례한다더니, 사실이었나 봐? 명문고든 어디든 빨리 꺼져! 걸레년…."

뒤에서 교복에 묻은 먼지를 툴툴 털어내던 히카리는, 여자아이의 뒤에 서서 애써 나오는 웃음을 참느라 입꼬리를 꿈틀대며 아이코를 실컷 조롱했다.

"씨발년들…."

"어머머? 저 미친년이? 히카리. 방금 들었어? 뭐라고 한지?"

아이코는 가방을 둘러메 학교 밖으로 뛰쳐나왔다. 가장 믿었던 친구에게 배신당했다는 설움에 뜨거운 눈물을 한 바가지 흘려 가며 뛰고 또 뛰었다. 집에 다다랐을 즈음 겐코가 그녀를 반겼다.

"끼히히이이잉~!"

아이코는 퉁퉁 부어버린 눈으로 언제나처럼 겐코의 얼굴을 쓰다듬어주며 말을 건넸다.

"겐코… 너는 나를 배신하지 않을 거지…?"

집에 너털너털 들어온 아이코. 어머니가 쓰러져 있었다.

"어…엄마… 엄마!"

사와코는 구급차에 실려 가 중환자실에 입원했다. 언젠가는 오리라 예상했던 일이었지만, 그날 이미 학교에서 한 차례 큰 충격을 받았던 아이코에게는 감당할 수 없는 슬픔이었다.

"아… 이코…."

사와코가 아이코를 바라보며 손을 뻗는다. 그런 사와코의 손을 꼭 잡으면서 아이코는 눈물을 흘린다.

"엄마… 엄마… 아프지 마! 제발… 쵸시보다 오래 살기로 약속했잖아… 엄마마저 없으면 나는… 나는 어떡하라고…."

"아이코, 예쁜 우리 딸. 똑똑하고 착한 우리 아가. 엄마는 괜찮아."

"엄마… 흑흑…."

"내일이 시험이지? 걱정시켜서 엄마가 미안해. 우리 딸은 침착하게 잘 치를 거라고 믿어. 커서 꼭 원하는 일을 하며 살렴."

"엄마, 내일 시험 잘 치르고 올게. 엄마같이 아픈 사람 없도록… 내가… 내가 새로운 세상을 만들 거야…."

"대견하구나. 우리 딸…."

다음날. 아이코는 시험을 준비하기 위해 떠났다. 아오모리 현과는 멀리 떨어진 효고 현의 고베 근처까지 가야 했기 때문에 홀로 기차를 타고 외로이 떠나야만 했다.

'철컹철컹철컹~.'

한참이나 걸려 드디어 히가시나다 구에 도착한 그녀는 인근의

허름한 여관에서 짐을 풀고 누웠다. 어제 있었던 일들이 가슴 속에서 뜨겁게 복받쳐 올랐다.

그녀는 애써 마인드 컨트롤을 하며 잠을 이루었다.

'사람을 믿지 말자. 언제 비수를 꽂을지 몰라. 믿을 사람은 나 자신뿐이야… 더 이상 생각하지 말자…'

드디어 시험 당일. 그녀는 최상의 컨디션으로 시험을 친 아이코는 기분이 썩 나쁘지 않았다.

'사람에 대한 기대를 저버리니, 오히려 기분이 홀가분해지는걸?'

그녀는 기차를 타고 집으로 오는 내내 생각에 잠겼다.

'누구에게도 문을 열어주면 말자. 그리고 누군가에게 기대면 말자. 그들이 떠났을 때 스스로 서 있을 수 없기에…'

그녀의 신념이 확고해지는 날이었다.

나다 고등학교 합격자 발표일.

학생들의 하교를 마치고, 선생님이 아이코를 조용히 부른다.

"아이코, 너에 대한 안 좋은 소문이 돈다는 거 안다. 우리들도 노력은 해봤지만 잘되지가 않더구나. 정말 미안하다."

"괜찮아요. 이제 신경 안 써요."

"그리고 정말 대견하구나."

"왜요?"

"네가 나다 고등학교에 입학했어!"

"정말요?"

"우리 학교, 아니 이 근방 학교에서는 최초 합격자란다! 힘든 상황에서도 꿋꿋이 버텨줬구나, 아이코. 정말 대단한 아이야."

"아니에요. 그저… 저는 공부에만 몰두했을 뿐인걸요."

"아이코. 혹시… 뭐가 너를 공부로 이끌었니?"

"음… 애들이 저를 무시하니까, 주위 시선을 차단했어요. 어울리지 않아도 되니까 공부에 집중할 수 있었죠."

"그래서 말인데…."

선생님은 아이코에게 다가가 속삭이듯 말했다.

"다음 해부터는 우수한 학생이 들어오면 일부러 다른 학생들로부터 배제해 볼까도 고민 중이야. 너를 보렴! 만약 성공하면 또다시… 나다 고등학교 같은 명문고로 우수한 인재 배출을…."

아이코는 충격에 빠졌다. 학교 선생이라는 작자가 학업을 위해 학생들을 고의로 따돌리겠다니.

"혹시 제 합격이 선생님 실적에 포함되나요?"

"응! 그렇고말고. 내가 고기 한턱 쏘마!"

"그렇다면 차라리 나다 고등학교 진학을 포기하겠습니다."

"뭐라고?"

"선생이라는 사람 머리에서 그런 발상이 나온다는 게 참 우습지 않아요? 제가 얼마나 힘들었는지 아세요? 알면 절대 그런 생각 하지 못할 거에요."

"미안하다. 내가 너무 앞서 나갔구나… 하지만 나다 고등학교 입학은 꼭 좀 부탁한다."

"…"

아이코는 침묵했다. 어이없는 선생의 태도에 기대하던 명문 고등학교 합격 소식이 전혀 반갑지 않았다.

그때 아이코의 전화벨이 울렸다.

'띠리리리링- 띠리리리링-'

"여보세요?"

"사와코님 따님 되시죠…?"

"예, 그런데요?"

"어머님께서…."

"엄마가 왜요! 무슨 일 있나요?"

"어머님께서 방금 운명하셨습니다…."

"뭐라고요…?"

'쿠-궁'

하늘이 무너져 내리는 것만 같았다. 하염없이 눈물이 흘러나왔다. 굳건했던 그녀의 정신력으로도 버틸 수 없었던 이유는, 다시는 어머니의 웃는 모습을 볼 수 없다는 현실이었다.

"어서 가보자."

선생님이 아이코를 데리고 병원에 갔다. 차갑게 식어버린 어머니의 마지막 모습을 보고 아이코는 털썩 주저앉아 눈물을 뽑았다.

아이코는 어머니의 임종을 지켜보지 못한 자신이 저주스러웠다. 잠시라도 원하던 고등학교에 합격했다는 사실에 흥이 젖어 들떠있었던 자신이 원망스러웠다. 어머니께 그 소식을 전하지 못 해 드렸던 것이 한이었다.

"엄마… 내가… 새로운 세상을 만들 거야…."

사와코의 장례식장.

마을 주민들과 먼 친척들이 위문하러 찾아왔다. 얼마 안 되는 조문객들이었지만, 평소 평판이 좋았던 사와코에게 진심 어린 슬픔을 표했다. 그중 정장을 차려입은 한 중년 남성이 찾아왔다.

"아이코, 잘 커줬구나."

"실례지만, 누구시죠?"

말없이 아이코를 빤히 쳐다보는 남성. 아이코는 직감적으로 알아챌 수 있었다. 어렸을 적 어머니와 자신을 버리고 떠난….

"아빠?"

"역시 내 딸이구나. 애비 없이 이렇게 훌륭히 자라다니…."

어이가 없었다. 태어나서 한 번도 본 기억이 없는 아비라는 작자가 이제야 나타나서 역시 내 딸이라며 칭찬을 한다.

"죄송하지만, 저는 아버지가 없어요."

남성은 안타까워하는 눈빛으로 아이코를 쳐다보았다.

"애비가 미안하다. 하지만 사업을 물려주려면 건강한 아이가 필요했다…. 하지만 너희 모녀는…."

남성은 주머니에서 위문금을 꺼내 건네준다. 두툼하진 않고, 얇은 종이봉투 너머로 느껴지는 질감은 지폐와는 판이한 질감이었다.

"나는 앞으로도 너의 생계를 책임질 예정이다. 네가 진학할 고등학교 근처에 괜찮은 집도 하나 알아뒀다. 분명 마음에 들 거야. 이 애비가 원망스럽겠지만, 네가 이렇게 노력하는 이상 도와주지 않을 수 없구나."

"나쁘진 않네요. 아저씨. 도와주셔서 감사합니다."

"허허…."

아이코의 아버지는 멋쩍게 웃음을 짓고는 조용히 떠난다. 사와코의 장례식이 끝나고, 아이코는 홀로 겨울을 보냈다.

"겐코야… 미안해. 너는 날 배신하지 않았는데, 내가 너를 배신하는구나…. 인간은 그런 존재야… 나를 원망해도 좋아… 증오해도 좋아… 내가 미안하다… 겐코야…."

늙고 병든 겐코는 그런 아이코의 말을 알기는 아는지 무거운 몸으로 그녀를 반긴다.

얼마 후 겐코는 마을 이장님의 도움으로 당나귀 농장으로 푼돈에 팔려갔다.

한겨울이 찾아왔다.

어머니가 운영하던 버섯 재배실에 들어간 아이코. 언제나 늘 따뜻하고 습했던 재배실에 들어서자, 차갑고 건조한 바람이 그녀의 피부를 스쳐 지나간다. 차갑게 식어버린 썩은 잡목들의 퀘퀘한 냄새가 사와코의 존재 여부를 더욱 실감 나게 했다.

"엄마…."

아이코는 홀로 눈 덮인 마타하쿠 산의 정상에 올랐다. 하얗게 덮여있는 설경이 펼쳐졌다. 잎이 모두 떨어진 채 덩그러니 기둥과 가지만 남은 초라한 겨울나무의 모습을 보며 생각했다.

"함께 인내하자. 조만간 나에게도 봄이 올 테니."

어느덧 봄이 찾아왔다.

그녀는 아버지의 도움으로 나다 고등학교 근처에 있는 안락한 집에서 생활하게 되었다. 그녀의 친구 쵸시도 데려왔다.

학기 초, 또다시 이런저런 애들끼리 뭉쳐 다니기 시작했다. 아이코는 이번에도 역시 혼자 다니게 되었다. 무리가 없이 혼자 다니는 아이코는 그들의 조롱거리가 되고는 했다.

"쟤가 그 촌동네에서 온 애라며? 농어촌 학교 특례를 받았다던 거 같던데."

"아 정말? 그럼 뭐 별거 없겠네. 게다가 혼자 다니는 거 보니 도시 사람들은 적응이 안 되나 봐. 깔깔"

아이코는 익숙하다는 듯이 그들을 무시했다. 그녀는 그렇게 세상과의 담을 쌓았고, 더 악착같이 공부에만 몰두한 결과 우수한 성적으로 와세다 대학교 전기정보생명공학과에 진학했다.

그녀가 가장 좋아했던 학문은 과학이었다.

'과학은… 흑과 백만 존재하는 세상에서도, 회색을 검정이나 흰

색이 아닌, 회색이라고 말할 수 있게 해주는 학문이야…'

1학년 1학기 필수전공 수업에서 하나의 과제가 있었다. 인간 복제와 유전 형질 변환에 관한 윤리적 문제를 고찰하는 내용의 리포트를 제출하는 것이었다. 아이코는 자료 조사를 하다가 우연히 그녀의 생각과 통하는 인물에 대해 알게 되었다.

일리야 이바노비치 이바노프.

그는 러시아와 소비에트 연방의 미생물학자였다. 오스트리아 그라츠 생물학회에서 최초로 인간-침팬지 잡종 연구에 대해 발표를 했는데, 이후 스탈린의 명에 의해 인간의 지능과 침팬지의 신체능력을 발휘할 수 있는 슈퍼 솔져를 만들려고 시도했다는 것이다.

'나쁘지 않은 생각이야. 다른 동물에게서 유전자를 따와서 발달된 기관만을 가져오면 분명 지금까지 존재하지 않았던 새로운 인류가 탄생할지도 몰라! 당나귀와 말의 잡종이었던 겐코처럼, 이종교배는 분명 좋은 시도야. 그리고 유전자 자체를 형질변환 시키면 나나 엄마처럼 유전 질환을 앓을 일도 없을 거고! 물론 DNA 염기서열을 완전히 해독하고 재배열하지 않으면 안 될 일이지만…'

그녀는 그 과제에서 최하점을 맞았다.

그녀의 논리가 윤리적이지 못하다는 것이 원인이었다. 하지만 그녀는 학년이 올라갈수록 이종 교배에 더욱 매진했다. 그런 그녀의 끈질긴 모습은 학과생들이 그녀를 자쯔슈 헨타이(잡종 변태)라고 부를 정도였다. 아이코가 그렇게까지 자신을 몰아붙인 이유는, 학점마저 포기하면서까지 이루고자 했던 그녀만의 신념과 원대한 목표가 있었기 때문이다.

아이코는 어느덧 졸업반이 되었다. 졸업 논문을 작성했다. 논문의 제목은 다음과 같았다.

'잡종과 유전 형질 변환을 통한 신인류 탄생.'
교수님을 포함한 수많은 학과생들의 반발이 있었지만, 그녀는 일부러 윤리 위원회에서 다음과 같이 강연했다.

"인류는 지금 이 순간에도 퇴보하고 있습니다! 안락한 생활환경, 보청기나 안경과 같은 보조 기기 등에 의해 더 이상 기관이 진보할 기회가 없기 때문입니다! 이렇게 보조 기기 따위에 의존하는 인류는 점점 더 그것들에 대한 의존도가 높아질 것이며, 개체는 더더욱 약해질 것이 분명합니다! 보통, *자연도태를 통한 진화가 이루어지려면 수십만 년이 걸립니다. 그러나 헤이케 게를 보십시오! **인공도태로 인해 단 몇 세기 만에 진화에 성공했습니다. 인간도 이제 진화를 해야 할 때입니다. 유전자 변형을 통해 매의 눈, 개의 후각, 토끼의 청각, 침팬지의 근력을 갖춘 초인류를 만드는 것이야말로 지금 우리 세대가 짊어진 의무이자 책임입니다!"

---

* **자연도태** 특정 환경에서 생존하기에 가장 적합한 것만이 살아남는 진화과정을 말한다.
** **인공도태** 인간이 특정 형질을 갖는 개체를 선발하여 자손을 남기는 과정을 반복하여 품종이 개량되는 과정을 말한다.

그녀의 강연이 끝나자 엄청난 야유가 쏟아졌다.

"괴물 같은 자식!"

"생명윤리부터 다시 배워라!"

"신의 뜻에 어긋나는 행위입니다!"

그녀는 동요하지 않았다. 오히려 잔뜩 흥분해서 그녀를 야유하는 그들을 더 하찮게 여겼다.

학회에서는 그녀를 불명예 퇴교처분을 회부할 것을 권고했고, 아이코는 결국 와세다 대학교에서 불명예 퇴교를 당했다.

"나는. 틀린 말을 하지 않았어. 사람들이 어리석을 뿐이야… 와세다 대학이면 그래도 깨어있는 놈들일 줄 알았는데 이렇게 나올 줄이야…"

그녀는 아오모리 현의 고향 집으로 돌아왔다.

부슬부슬 진눈깨비가 내리는 초겨울, 그녀는 어머니의 산소에 들렀다. 두 손을 공손히 모으고 어머니에게 말을 했다.

"어머니… 사람들은 잘 몰라요. 어리석어요. 아니면 저희처럼 유전 질환이 없어서, 아파보지 않아서 그런 걸까요? 하루하루가 목을 죄어오는 이 기분을 몰라서… 그래서 이해하지 않는 걸까요? 저는 어떻게 하면 좋죠? 꿈을 이루고자 학교에 갔는데, 학교에서 꿈을 짓밟아 버렸어요…. 어머니… 저는 이제 살아갈 가치가 없는 걸까요…?"

너털너털 집으로 내려온 아이코. 그녀는 창고에 들어가 케케묵은 동아줄을 찾는다.

"이것도 하나의 방법일지도 몰라⋯. 만약 다음 생이라는 게 있다면, 나의 주장이 맞았음을 깨달은 사람들이 부랴부랴 연구를 진행하고 있을 텐데⋯."

그녀는 젠코가 묶여있던 헛간에 들어가 본다. 크게 공기를 들이마신다. 오래 삭은 말똥 냄새와 건초에 핀 곰팡이 내가 콧속 깊이 들어온다. 익숙하고 정겨운 이 냄새는 아이코의 기분을 들뜨게 했다.

그녀는 쵸시에게 가서 밥을 듬뿍 뿌려준다.

"미안해 쵸시⋯ 네가 우리 가족 중에 가장 오래 살아남겠구나. 나도 조금만 더 건강했더라면⋯."

그녀는 동아줄을 들고 뒷산에 오를 채비를 한다.

집안은 깔끔하게 정리하고, 마당도 청소했다. 가득 차있는 우체통이 문제였다.

"끄응⋯ 이거 정리하다가 오늘 다 가겠네⋯."

몇 년 전의 수도비, 전기세, 광고지, 눅눅한 지폐 몇 장이 들어있는 사와코의 위문 편지 몇 장. 그리고 아이코한테 온 편지 몇 장.

"이게 뭐지⋯?"

아이코에게,

안녕 아이코. 오랜만이야. 나 히카리. 기억나?
선생님께 어머님 돌아가셨다는 소식 들었어. 정말 안타깝더라.
지금쯤 대학에 있겠지? 나다 고등학교에 들어간 너니까, 그리고 내가 아는
아이코라면 분명 원하는 대학, 학부에 들어갔을 거야.

중학교 때의 일. 사과할게. 분명 좋은 아이디어였고, 효과 또한 확실했지만,
네 동의 없이 실천한 점… 다 내 욕심이었어.
네가 궁금해서. 너를 사랑해서. 아직도 나는 네 생각이 자주 나.
나는 지금 분쿄 대학교에서 심리학을 전공하고 있어. 너처럼 정의롭고 영특
하고 순수한 사람들의 심리를 꿰뚫어보고 싶어.

그리고 사랑해 아이코. 너랑 결혼하고 싶어. 너랑 단둘이 알콩달콩 살아가고
싶어. 너 같은 아이가 나를 의지해줬으면 좋겠어. 필요로 해줬으면 좋겠어.
나 없이는 살아가지 못하는 아이가 되어버렸으면 좋겠어. 하지만 다 내 욕심
이겠지?

아이코. 나를 증오해도 좋아. 원망해도 좋아. 그렇지만 난 언제나 네 편이었
어. 초등학교 때부터 지금 편지를 쓰고 있는 이 순간까지.
그것만 알아줬으면 좋겠어. 답장은 바라지 않는 편이 좋겠지.

사람은 기대를 하게 되면, 그에 대한 실망도 커진다더라고. 반대로 생각하면
기대하지 못한 네 답변을 듣게 되면 내 기분이 정말 황홀할 것 같아. 답변을
쓰든 말든 신경 안 쓰도록 노력할게.
사랑해 아이코.

아이코를 사랑하는 히카리♡

"미친년… 아직 정신을 못 차렸구나…."

아이코는 곰팡이 핀 편지지를 한 손에 쥐고 하늘을 올려다보았다. 진눈깨비는 어느새 함박눈이 되어 아이코의 얼굴에 살포시 내려앉았다. 아이코는 우중충한 하늘을 보며 생각했다.

'다 부질없는 인생이구나. 나는 결국 날개를 펼치지 못했어. 끝없이 노력하고 끝없이 인내했건만… 과연 내 운명은 어디로부터 어디까지 흘러온 걸까. 그때 그 배추흰나비는 잘 살아갔을까?'

우두커니 서서 하늘을 바라보던 아이코, 또 한 장의 편지를 펼쳐본다.

아이코에게,

아이코. 나는 유키야.

서투른 글씨체로 꾹꾹 눌러 쓴 듯했다.

사실 크게 할 말은 없어. 그냥 중학교 때 네가 지켜줬던 게 기억나서 써보고 있어. 나는 이제 곧 태국으로 떠나. 이제 영영 볼 일 없겠지만, 그때 일 고마웠어. 그리고 그 소문 누가 퍼뜨린지 알았지만 말하지 않았어. 괜히 나한테 불똥이 튈까 봐… 끝까지 비굴했던 나여서 미안해. 네 덕분에 나는 편하게 생활할 수 있었어. 고마워. 내가 할 말은 그뿐이야. 잘 지내.

-유키-

"푸흡… 푸하하…푸하하하하!"

아이코는 실성한 듯 큰소리로 웃어 젖혔다.

'내가 고작 이딴 놈 때문에… 역시 사람은 믿을 게 못 돼. 이 세상은 썩어 빠졌어. 인류는 역시 조금 더 진보해야 돼. 인류애를 알아야 돼. 하나가 되어야 돼.'

아이코는 들고 있던 동아줄을 내동댕이치며 마지막 편지 한 장을 꺼냈다. 가장 최근에 온 편지인 듯, 깨끗한 편이었다.

영어로 쓰여 있었다.

Dear Dr. Noto,

친애하는 노토 박사님께.

안녕하십니까. 당신의 강연 매우 인상 깊게 잘 들었습니다. 저도 당신의 주장에 동의하는 바입니다. 하지만 당신 같은 인재를 놓쳐버린 와세다 대학에 대해 정말 유감이군요. 인권이니 윤리 문제이니. 말만 그럴싸하지 정작 본인들은 돈 때문에 운영하면서 말이죠.

아이코 씨. 저희에게 당신의 힘을 조금 빌려주십시오. 당신만 있다면 저희의 프로젝트는 분명 성공할 것입니다. 지금 이 순간에도 윤리 문제가 생명과학 발전의 발목을 잡고 있습니다. 하지만 그러한 방해물들이 없는 곳에서 당신의 목표를 이룰 수 있게 도와드리겠습니다. 당신의 신변과 직위, 경제적 지원을 보장하겠습니다. 만약 동의하신다면 당신의 집 처마 끝에 빨간색 천을 매달아 주십시오. 기다리겠습니다. 지금 당신이 이 편지를 읽어보고 있는 것 또한 지켜보고 있습니다. 당신이 준비가 되는 대로 곧바로 프로젝트를 착수할 계획이기 때문입니다. 부디, 현명한 선택을 하시길….

From, Dr. Lee

아이코는 편지를 붙잡고 있던 두 손이 부들부들 떨렸다. 몸 안에서 무언가 뛰쳐 날뛰는 것 같았다. 너무 신이 나서 폴짝폴짝 뛰고 싶었다. 그녀는 편지를 주머니에 넣고는 두리번두리번 주변을 살폈다.

아무도 없었다. 그녀는 오래된 장롱에서 어머니가 짜주셨던 빨간 머플러를 들고 나와서는 처가 끝에 매달았다. 눈으로 하얗게 덮인 마쓰노키 마을의 오래된 집 처마에 새빨간 머플러가 휘날렸다.

그녀는 상상했다.
그녀가 만드는 세상을.
새로운 세상을.
모든 사람들이 더 진보된 기관을 가지고, 유전질환 없이 건강하며, 모두가 평등하고 서로 헐뜯지 않는, 두루두루 함께 사는 그런 세상을 만들겠노라고.

그녀는 말없이,
부푼 가슴을 안고,
그저 펄럭이는 빠알간 머플러를 올려다본다.

여모지간

지섭은 인공 자궁 개발팀에 가자마자 훌륭한 성과를 내었다.

기존의 개발 방향은 인공 자궁 중앙에 인공 태반을 장착하여 배아의 착상을 유도하여 탯줄을 형성하는 방식이었다. 그리고 인공 태반을 통해 미리 조사해둔 태아의 필수 영양소를 일정 시간마다 공급하는 형태였으나, 대게 8개월 이상 성장하지 못하였다.

지섭은 태아에게 정량 공급이 아니라, 자율 공급으로 체계를 바꾸었다. 그는 한때 코딩을 전공했기 때문에 밤을 새워가며 인공 자궁 코딩에 들어갔다. 어느 정도 성장한 배아에게 생체 칩을 삽입하여 혈중 영양소, 호르몬 농도를 측정하여 제때제때 필요한 영양소나 호르몬을 공급하는 방식이었다.

때문에 태아마다 다른 기초 대사량에 따라 각각의 에너지 공급을 할 수 있었기 때문에 영양 결핍이나 영양소 과다로 인한 폐사의 확률이 현저히 줄어들었을뿐더러, 호르몬도 임의로 조절이 가능하여, 조기 성숙 또한 가능하게 해주었다.

게다가 지섭은 태아에게 심장박동과 유사한 진동을 지속적으로 주었는데, 이 기술 또한 성장 성공률에 일조한 것으로 보인다.

"김지섭 씨가 우리 팀을 먹여 살리는군!"
"저렇게 악착같이 매달리는 이유가 뭘까…?
어차피 똑같이 일해서 돈 버는 월급쟁이인데."

그는 나라 안팎으로 인공 자궁에 대해서 일가견이 있는 사람으로서 잘 알려졌다.

하지만 문제가 생겼다.
생명윤리단체와 기독교 단체에서 빨간 카드를 들이민 것이다!

"윤리에 어긋나는 인공 자궁 기술의 폐기를 요청한다!"
"주님의 뜻에 어긋나는 인공 자궁 개발을 즉각 철회하라!"

세계적인 과학 학술지 《Nature》에 실릴 만큼 유명했던 인공 자궁의 존재는 전 세계에서 윤리적으로 일파만파의 영향력을 미쳤다. 때문에 한국 정부에서는 결국 두 손을 들기로 했다.
수많은 생명과학자들과 수많은 불임 환자들의 희망이었던 인공 자궁은 끝끝내 개발 및 판매 금지 처분을 받은 것이다.

"이럴 수가…. 어떻게 이뤄낸 성과인데…"
"지섭 씨가 낙담이 클 거야… 괜찮을까?"
더 이상 월급을 받지 못하자 개발팀원들은 다른 부서로 뿔뿔이 흩어졌고, 연구실에는 지섭만 덩그러니 남게 되었다.

"웃기는군…. 윤리니 뭐니… 상관없어. 인공 자궁 도면은 아직 남아있어. 다만… 앞으로 어떻게 해야 할지 막막하군. 집에서라도 만들어야 하나…."

어느 날, 텅 빈 연구소에 의문의 편지 한 통이 도착했다. 깨끗이 비어있는 편지봉투에는 '수신자 김지섭' 그 외 어느 무늬도, 문구도 적혀있지 않았다.

지섭은 빈 연구실에 들어가면서 편지를 뜯어보았다.

친애하는 김 박사님께,

안녕하십니까. 그간 인공 자궁 개발에 수많은 노력과 공을 들이셨지만, 그에 대한 대가와 명예를 얻지 못하신 김지섭 박사님께 닥친 현실에 유감을 표합니다.

저희 연구팀에서는 인공 자궁 연구가 한참 진행 중입니다. 만약 귀하가 이곳으로 와서 힘을 보태어 주신다면 큰 힘이 될 것이라 생각합니다. 박사님을 연구팀의 팀장으로 스카웃하고 싶습니다. 저희는 고액의 연봉과 연금, 생계를 책임져 드릴 수 있습니다.
만약 생각이 있으시다면 다음 주 금요일, 붉은 외투를 입고 오후 7시까지 백령도 사자바위 앞으로 나와 주십시오.

-박사님을 존경하는 L-

지섭은 편지를 갈가리 찢어버리며 투덜댄다.

"이게 말이야. 똥이야."

그때 전화벨이 울렸다.

'띠리리리링~.'

"여보세요."

"여~ 지섭이 오랜만이다!"

"누구세요? 혹시 세혁이냐?"

"그래. 나야 나! 세혁이. 연구팀 소식은 알고 있다. 어쩔 거야?"

"모르겠어. 나도 골머리 썩히고 있어… 그보다 너 왜 핸드폰 놔두고 공중전화로 전화를 하냐?"

"따로 할 말이 있어서 그렇지. 일단 한번 볼까? 형수님 있는 곳에서."

"… 알겠다."

지섭은 조용히 나가 차에 시동을 건다. 그리고 차를 몰고 어두운 밤길을 지나 어느 야산 앞에 주차를 했다. 그리고는 한참 산을 올라간 뒤에 어느 묘소 앞에서 멈춰 섰다.

"나와라. 세혁."

"나왔다! 김지섭~!"

묘소 뒤에 숨어있던 세혁이 벌떡 일어나면서 지섭을 반겼다. 그런 세혁을 어이없다는 듯 쳐다보는 지섭. 그런 지섭의 반응에 세혁은 민망해한다.

"뭐… 왜…?"

"아니, 그냥 멍청해 보여서."

"하하. 형수님 좀 웃겨 드리려고 그랬지."

"죽은 사람한테 뭐가 있겠냐…"

"너는 영혼이나 사후세계 안 믿는구나?"

"물론이지. 과학 하는 사람으로서. 특히 우린 뇌 과학 전공해서 알잖아. '뉴런 전하가 "축삭돌기로 다음 뉴런 시냅스로 전달해주는 과정이 일어나는 게 생각과 감각의 기본이잖아. 그런데 그러한 현상이 일어나지 않는 죽은 사람들에게서는 말 그대로 생각이 일어나지 않아. 생각이 없다는 건."

"죽은 사람과도 같다. 네가 늘 하던 말이지. 그래도 굳이 그렇게 딱딱하게 살 필요가 있냐. 사람 사는 게 그런 거지. 형수님 생각도 좀 할 겸…"

"그래도 과학적으로 증명되지 않은 건 실존하지 않는다고 보는 게 맞는 거야."

"어휴… 꽉 막힌 선비 아재… 아조씨는 인생 재미없어서 어떻게 살아요?"

"희주 보려고 산다…"

"…"

---

* **뉴런** 신경계를 이루는 구조적, 기능적인 기본 단위
** **축삭돌기** 뉴런을 구성하는 한 부분. 다른 뉴런에 신호를 전하는 기능을 한다.

"자, 그래서. 이 지경까지 왔는데 어떻게 할 거야? 계획이 다 있다며. 난 이미 충분히 연구했고, 연구자료 파지하기 전에 전부 빼돌려서 늘 소지하고 있어. 이제 네 차례야. 어떡할 거야?"

"지섭아. 혹시 편지 한 통 받은 거 없냐?"

"편지? 음… 고지서랑… 또 뭐 사이비 같은 편지 한 장 받은 게 있는데. 왜?"

"편지 어쨌어."

"찢어서 버렸지."

"어휴…."

"그게 뭐? 나더러 백령도까지 가라는데. 누가 장난으로 보낸 거겠지. 사자바위에 가서 노을 감상하라고 골탕 먹이려나 보지."

"그거 내가 쓴 거야."

"뭐?"

"하하. 갈가리 찢어버렸다니 너무하네. 나는 정성 들여 쓴 건데."

삐졌다는 듯한 시늉을 하는 세혁.

"흥칫뿡."

"어휴… 이러니 갈가리 찢어버릴 수밖에…."

"지섭아. 슬슬 준비해."

"뭐를?"

"월북."

"월북? 너 미쳤어? 그 동네를 우리가 왜 가?"

"내래 다 생각이 있다고 하지 않았습메!"

"뭐…. 뭐야…!"

"후후… 그동안 숨기느라 힘들었지비… 내래 사실 간첩이다."

"뭐… 뭐라고…?"

지섭은 잔뜩 긴장한 모습으로 주머니에서 전화기를 부지런히 꺼낸다.

"후후… 그만두는 게 좋을걸? 당신네 아내 기억 정보가 내게 있다는 걸 있었슴메?"

지섭은 '아차!' 하고는 곧바로 전화기에서 손을 뗀다.

"후후…. 그렇게 나와야지비."

"이세혁… 너 뭐 하는 놈이야…!"

"당을 위해 충성할 겸, 희주 씨의 부활을 위해 노력하는 사람이다."

"… 도대체 믿을 수가 없군."

"우선 그 편지를 찢은 건 유감이군. 내용은 기억나나? 다시 얘기해줄까?"

"기억은 난다. 하지만 정말 그래야만 하나? 이 인공 자궁 기술을 가지고 가서 뭐 하려고!"

"우선 남조선에서는 연구를 재개할 수가 없다는 건 알고 있을 테지. 하지만 우리 조선민주주의인민공화국에서는 다르다. 인권? 윤리? 다 필요 없지비. 다만, 기술력만 있으면 무엇이든 할 수 있다!"

"… 북한까지 넘어가게 되다니 말도 안 돼…."

"너무 무서워하지 말라. 어차피 너는 남조선에선, 실종 처리될 거고, 북조선에 가서도 너의 존재는 비밀로 보장된다. 나는 네 아내의 기억을 가지고 오지. 너는 보관되어있는 형수님 난자랑 인공 자궁 도면이나 준비해서 오라우."

"아… 알겠다… 하지만 아내를 살리는 건 보장하는 거지?"

"그간의 정을 봐서라도 형수님은 내가 잘 보필할 꺼지비. 그건 걱정 말라우."

"믿어 보지…. 어차피 다른 방법도 없으니까…."

일주일 뒤.

붉은빛 노을이 지고 있는 백령도 사자바위 앞에 지섭이 나타났다. 그는 보호 장비를 착용하고 자전거를 타고 있다. 등에는 커다란 백팩이 있었다. 곧, 조그마한 배 한 척이 정박한다.

"지섭이! 이리로 오라우!"

지섭은 자전거를 내동댕이치고 정박한 배에 올라탄다. 곧바로 배가 고개를 돌려 붉은 노을을 왼쪽에 끼고 출발한다. 세혁이 웃으면서 묻는다.

"하하하! 거참 요란한 복장이네. 뭐야 그 옷차림은?"

"들키지 않으려고 이리고 왔다. 난자 보관함이 꽤 무거워서 말이지. 누가 커다란 고철을 들고 사자바위 앞에 서 있겠냐. 백팩 메고 전국 일주 다니는 여행가 컨셉이다."

지섭은 투덜대면서 안전모와 무릎 보호대 등을 풀어서 바다에 내동댕이쳐버린다.

"난자 보존 시설은 있지? 빨리 가야 해. 임시 보관함이라고 해도 이렇게 들고 가면 얼마 못 가."

"물론이지비. 내래 다 준비를 해놓았으니까니 걱정하지 말라우."

"북한에 난자 은행도 있다니 상상도 못 했군."

"지금 우리 공화국을 무시하는 거임메? 너희 남조선이야말로 우매하고 무지한 사람들 때문에 생명과학 발전이 없는 거 아닌가? 우린 그런 거 없음메."

"하하… 그래서 대한민국에서 공부는 많이 해 갔나? 이세혁 동무?"

세혁은 부들거리면서 대답했다.

"기… 기야. 좀 배워간 건 사실이긴 하디. 그래도 써먹지도 못할 과학을 왜 연구하는 건가? 그냥 돈이 남아돌아서 그러나?"

"인권, 윤리, 인류애… 다 생명과학의 발목을 잡는 것들이야. 나도 없어졌으면 좋겠어. 대학에 가자마자 배운 게 생명윤리였거든. 난 항상 이해가 안 갔어. 생각이 없는 배아에게 무슨 놈의 존엄성이 있다는 건지. 생각을 할 수 없는 배아라면, 그저 유정란이랑 다를 바가 없는 게 아닌가?"

"이 녀석… 그러면서 그 과목은 A 맞았겠지… 남조선 놈들은 전부 기만자들뿐이지비…."

"그게 우리 헬조선에서 살아남는 방식이기 때문이지. 대한민국이 왜 부유한지 아나? 철저한 자본주의 세계에서 살아남기 위해 서로 물고 뜯어버리기 때문이지. 완벽한 약육강식의 세계. 약한 자들은 자연적으로 도태되어버리는 잔인한 사회 구조. 그것들이 지극히 자연적인 생존 경쟁을 유도해 이렇게 강대하고 부유해질 수 있었던 거지."

"그럼 같이 공화국에서 살자우. 동무. 북에는 그런 거 없다."

"그건 사양하지. 언제 아오지 탄광으로 내쫓길지 모를 북에서는 이번 계획만 시행하면 작별이야."

"단물만 빼먹고 돌아가시겠다? 역시 남조선 놈이군."

'위잉위잉~.'

그때 싸이렌이 울렸다. 멀찍이서 강한 불빛이 다가온다.

"뭐… 뭐지…!"

"남조선네 경비 함선한테 딱 걸렸구만기래. 괜찮다우 동무. 우리 함장님이 평범한 함장님은 아님메."

고속정이 빠른 속도로 다가오자, 지섭이 탄 배에서 탄내가 난다.

'부와아아아아아앙~.'

함장이 기어를 바꾸더니, 80년도식쯤 되어 보이는 구닥다리 구식 엔진에서 엄청난 배기가스가 흘러나온다. 언제 터질지 모를 듯한 소음과 열기가 지섭의 가슴을 두들긴다. 함장이 한마디를 꺼낸다.

"남조선 동무. 이제 걱정 말라우."

쏜살같이 쫓아오던 경비정이 자리에 멈췄다.

"여기부턴 군사분계선이지비. 아마 남조선 함선도 인제 섣불리 따라오지는 못할 꺼니까는."

"휴우…."

지섭은 크게 한숨을 쉬며 안도했다.

"지금 한창 평화 협정 중이라, 함부로 넘어오거나 포격할 수는 없을 테지. 아마 우리네가 월북한 것도 언론에 나오지 못할 거야. 협정 준비에 괜히 차질이 생기면 안 되니까 말이야."

"자, 이제 어서 가보자고."

말이 끝나고 얼마 지나지 않아 육지에 다다랐다.

"내려!"

"홋차~."

군용 지프가 한 대 서 있었다.

"비행기 준비됐음메! 어서 타라우!"

둘은 허둥지둥 군용 지프에 타고 어딘가로 이동했다.

"어디로 이동하는 거냐."

"일단 형수님 난자 보관할 곳 가야지. 가보면 안다."

지섭과 세혁은 북한 황해남도의 과일 공항에 도착했다.

활주로에는 조악하지만 깔끔한 척 도색된 헬리콥터 한 대가 불빛을 번쩍이고 있었다. 둘은 허둥지둥 헬리콥터에 올라타 좌석에 앉았다.

"자, 이제부터 이동할 거야. 벨트 단단히 조여 매."

얼마 지나지 않아, 헬기가 이륙하였다.

'투두두두두두두~ 투두두두두두~'

고막이 찢어질 듯한 소음에 지섭은 양쪽 귀를 손으로 막았다.

"에휴. 헬기 한 번도 못 타 본 티 팍팍 내는구먼기래."

세혁은 지섭의 귀에 차음 헤드폰을 씌워주었다.

"아- 아- 들리나 지섭?"

"들린다!"

목청껏 소리 지르는 지섭.

"이놈아. 그렇게 소리 빽빽 안 질러도 다 들린다. 무섭다고 오줌 지릴까봐 씌워줬다. 하하! 쫄보 자식!"

세혁이 웃음을 지으면서 지섭을 쳐다본다. 지섭은 점점 멀어져 가는 밑바닥을 보며 두려움을 느낀다.

"리세혁 동무! 이대로 풍계리로 가면 되겠습네까?"

헬기 조종수가 질문한다.

"그래! 미리 지시한 대로 가라우! 날래날래!"

이내 세혁은 곯아떨어지고, 지섭은 가방을 앞에 꼬옥 안고는 눈을 질끈 감고 있다.

"여보⋯ 조금만 기다려줘⋯."

몇십 분 후에서야 조심스레 눈을 뜬 지섭. 슬쩍슬쩍 아래를 흘겨본다. 북한의 땅은 어두웠다. 빛이 없었다. 이곳에 와서 본 게 기껏해야 달빛에 비친 산 능선이나 저수지뿐이었다.

몇 시간이나 지났을까. 조종수가 지섭에게 말을 건넨다.

"거의 다 왔으니 옆에 리세혁 동무 좀 깨워줌메!"

"야, 야 세혁. 거의 다 왔대. 일어나 봐."

"어⋯으음⋯."

"용케도 이런 곳에서 잘도 자는군. 일어나 빨리!"

"그래. 일어났다. 호통치지 마라."

일어나서는 크게 기지개를 켜는 세혁.

"목적지에 도착했습메. 착륙할 테니 준비들 하라우."

어두컴컴한 산 그림자 위로 헬기 한 대가 착륙한다. 그제야 지섭의 고막을 괴롭히던 헬기 날개가 잠잠해졌다. 다들 차츰 헤드셋을 벗고 벨트를 푼다.

"여… 여기가 어디요?"

"안심하시오. 연구 시설입메다."

조종수가 잔뜩 긴장한 지섭을 안정시킨다. 세혁이 내려서 플래시를 들고 앞장선다.

"이리로 와."

칠흑 같은 어둠 속에 세혁의 플래시에 비친 것들은 갱도에서나 볼법한 철길 같은 것이었다. 멀찍이 커다란 동굴 같은 것이 있었는데, 그곳으로 성큼성큼 다가간다.

"자, 미끄러우니 조심해서 들어가라우."

미끄러운 동굴 안의 녹슨 계단을 타고 내려가자 문이 보인다. 세혁이 앞장서서 문을 두드린다.

'똑똑똑~'

"네피림 프로젝트 부장 리세혁입메다. 방금 귀국했습메다. 문 열어 주시라요."

문 좌우측에 있는 CCTV가 문 앞으로 고개를 돌리더니 이윽고 철문이 열린다.

'철컹!'

'끼이이익~'

그제서야 환한 불빛이 지섭의 눈을 따갑게 비추었다.

"어서 오시오! 남조선 동무! 기다렸소!"

안에 있던 남성이 지섭을 반겼다. 내부에는 북한이라고는 상상 못 할 매우 깔끔하게 정돈된 첨단 시설들이 있었다. 한쪽에는 남한에서 연구하던 인공 자궁을 베껴낸 듯한 기계장치도 있었다.

연구에 몰두하던 연구원들이 그가 온 것을 알고, 앞다투어 문 앞으로 모여든다. 세혁은 그런 지섭의 어깨에 손을 올리며 말한다.

"내래 남조선에서 데려온 귀한 손님이니 잘 부탁하디. 혹시라도 남조선 사람이라고 홀대하면… 그땐 어찌할지 알간? 너도 인사해라, 지섭."

"아… 안녕하세요. 대한민국에서 온 김지섭입니다."

연구원들은 박수갈채를 보냈다.

"리세혁 동무! 정말 고생 많으셨소!"

나이가 꽤 들어 보이는 당원 의상을 한 사람이 세혁을 끌어안으며 기뻐했다. 그리고는 지섭에게 와서 악수를 요청한다.

"내래, 지섭 씨가 원하는 건 뭐든 지원해 줄 테니, 아모쪼록 원하는 바도 잘 이루고 우리 조선민주주의인민공화국의 미래를 바꿀 혁명가가 되도록 비네!"

"본부장 동지. 김지섭 동무는 분명 큰 힘이 될 겁니다! 내래 남한에서 우여곡절 끝에 데려왔다우!"

"세혁아. 우선 이것부터 좀 빨리…!"

지섭은 등에 업고 있는 묵직한 가방을 가리키며 말했다.

"맞다! 이리 와봐!"

연구원들은 다시 뿔뿔이 흩어져 연구에 몰두하고, 세혁은 지섭을 이끌고 구석에 있는 기계 앞으로 간다.

"북한에는 난자은행이 없어. 다만, 이번 프로젝트를 위해 준비했다. 형수님을 위해서."

세혁은 서둘러 가방을 열고, 난자 보존 장치를 열어 난자와 조직 세포가 든 관을 꺼낸다.

"희주 씨. 조금만 기다리라우…!"

그는 관을 꽂아 넣고 기계의 뚜껑을 철컥 닫았다.

"휴우… 됐다. 지섭이. 오늘 수고가 많았어. 마음 같아서는 당장 인공 자궁 개발에 착수하라고 시키고 싶지만, 피곤할 것 같으니 내일부터 해라."

"아니, 오늘부터 시작한다."

지섭은 아까 봤던 인공 자궁 형태의 기계에 다가간다. 세혁은 말없이 쫓아간다.

"조악하군. 도면을 누가 빼돌린지는 몰라도 고철 덩어리 수준이잖아."

"내래… 빼돌렸지비… 하하하."

세혁은 머쓱해하면서 대답했다.

"상위 계열사 연구 자료도 빼돌리고 있었나? 역시 북괴 놈들 장난 아니구먼."

세혁은 성급히 지섭의 입을 가리고 눈을 희번뜩 뜨고 속삭인다.

"입 함부로 놀리지 말라우…. 우린 지금 북한에 있다…."

그제야 현실을 직시한 듯 지섭은 움츠러들었다.

"아… 알았다…. 아무튼 이건 내가 손보도록 하지."

"그래. 한번 잘 해보라."

지섭은 새벽 내내 기계를 분해해보았다. 빠져있는 부품과 잘못 끼워진 부품들을 확인하며 체크했다.

"뭐야 이건? 야매로 그냥 쑤셔 박았나."

도면에는 없는 부품도 제거했다. 분해 작업을 마친 지섭은 새벽 5시경이 되어서야 골아떨어졌다.

몇 시쯤일까, 사람들이 지섭 주위로 북적북적 몰려든다.

"으… 으응… 몇 시지…."

9시였다. 분해된 인공 자궁을 보며 허심탄회한 표정을 짓는 사람들을 보며 상황을 얼추 깨달았다.

"죄송합니다. 멋대로 뜯어내서. 하지만 어쩔 수 없었어요."

"괜찮습네다. 김지섭 팀장님께서 하신 일이니 이유가 있겠지요."

"팀장님이요?"

"당신이 인공 자궁 개발팀 팀장이라우. 그것도 모르고 왔음메?"

"그런 거창한 직위는 필요 없습니다. 우선 기기부터 다시 만들어 봅시다."

지섭은 곧바로 USB를 꽂아 도면을 인쇄하여 배부해주었다.

"아니…. 이 부분을 이렇게 설계하는 거였군!"

"대단합네다! 남조선 동무!"

"희망이 보입네다. 우리도 혁명에 일조할 수 있게 됐습네다!"

지섭과 팀원들은 인공 자궁을 재현해내는 데 몰두했다. 사실상 도면에 있는 부품을 구해 끼워 맞추기만 하면 되었기 때문에 큰 어려움은 없었다.

연구실에만 박혀 있다가 볕을 쬐러 연구실에서 나온 지섭. 그는 오랜만에 피부에 스며드는 햇볕을 느낄 수 있었다.

"여긴 어디지…?"

그때 언뜻 기억이 스쳐지나갔다.

"리세혁 동무! 이대로 풍계리로 가면 되겠습네까?"

헬기에 탔을 때 조종수가 했던 말이었다.

"풍계리라면, 핵무기 연구소가 있던 장소 아니었나? 한반도 비핵화 협정으로 갱도를 폭파했다고 들었는데…."

"네 말이 맞아."

세혁이 나타났다. 뒤따라나온 모양이다.

"네 말대로 이곳에는 핵무기 연구소가 있었고 폭파했지. 알려진 바에 따르면 말이지… 하지만 핵무기 연구소는 애초부터 존재하지 않았어. 기밀이라 더 이상 알려줄 수는 없지만. 이곳은 오래전부터 네피림 프로젝트를 위해 준비해 온 대규모 연구시설이지. 하지만 너무 멀리 벗어나지는 마. 총 맞아 죽어도 책임 못 져."

"네피림 프로젝트? 그게 뭐지?"

"너도 차차 알게 될 거야. 그런데 그보다 중요한 건 너 아닌가? 준비는 잘되어가고 있어?"

"나를 뭘로 보고. 완벽하게 준비되어가고 있지. 마저 손 좀 보러 가야겠다. 너희 동네 연구원들이 조립을 가라로 해서 말이지."

지섭은 다시 연구소에 들어가서 조립에 동참했다. 그런 지섭을 보고 세혁은 혼잣말로 떠든다.

"저 봐. 내가 데려오길 잘했지비. 남쪽 사는 고양이들한테도 훈장을 하나씩 줘야 하는데 말야."

비록 조립하는 기술력은 영 엉망이었지만, 태아를 키우는 데 필요한 영양분과 호르몬은 쉽게도 구해왔다. 특히 구하기 힘들었을 법도 한 호르몬은 아마 북한 주민들에게서 추출한 게 아닌가 싶을 정도였다. 그렇지만 그게 무슨 상관이람. 지섭은 결코 신경 쓰이지 않았다. 오히려 일이 빨리 진행되어 기뻐했을 뿐.

드디어 인공 자궁이 바로 가동해도 될 단계가 되었다. 그때 세혁이 나타났다.

"김지섭 팀장. 준비는 되었나?"

"언제든 되어있지. 오늘 밤에 시작할 계획이야."

그날 밤, 의사 가운을 입은 사람들이 나타나 그의 실험실에 들어왔다. 지섭의 정액을 채취하여 활동성이 좋은 정자를 걸러내어, 희주의 난자 하나와 수정시켜 인공 자궁에 삽입했다.

운 좋게도 단 한 번의 시도 만에, 정상적으로 분열되어 생겨난 배아는 며칠 후 인공 자궁의 태반 유도 지점에 정상적으로 착상했고, 태반과 태아가 될 세포조직이 발달하기 시작했다. 연구팀은 성공했다고 간주하였고, 이를 당국에 보고했다.

플라스크의 아이가 탄생하다!

북한의 노동신문 1면에 대서특필 된 이 기사의 주인공은 바로 지섭의 아이였다. 북한의 자체기술로 만들어낸 인공 자궁으로 시험관 아이가 성공적으로 자라고 있다는 내용이었다.

이는 전 세계적인 반발을 일으켰지만, 북한 측에서는 오히려 축제 분위기였다. 일부 전문가들은 남한 측 인공 자궁 기술을 해킹해 카피한 거라는 얘기도 있었다.

지섭은 이러한 상황들을 보며 피식 웃었다.

"바깥사람들은 과연 무슨 일이 일어나고 있는지 상상이나 할 수 있을까…"

6주가 지나자 배아의 성별을 구분할 수 있다고 했다. 지섭은 두근거리는 마음으로 결과를 기다렸다. 검사 결과, 딸아이로 밝혀졌다!

"야호!"

지섭은 벌떡벌떡 뛰면서 기뻐했다. 세혁이도 이를 흐뭇하게 쳐다 본다.

"여보… 드디어… 드디어 우리에게 아이가 생겼어…! 당신도 어서 돌아오게 해줄게…!"

그렇게 17개월이 지났다. 인공 자궁에는 7살 정도 체구를 가진 어린 소녀가 힘없이 누워있었다.

"지섭아. 이제 슬슬 절개할 때 되지 않았냐?"

"맞아. 하지만 자신이 없어."

"뭐가? 이렇게 잘 자랐는데?"

"이 어린아이를 나 혼자서 잘 키워낼 수 있을까? 호르몬을 주사 해서 7살 수준의 체격과 지능으로 만들었지만, 이제부터 걸음마를 배워야 할 텐데 무엇부터 시작해야 할지 모르겠어."

"일단 이대로 두면 폐사할지도 몰라. 지금도 탯줄로 공급해야 할 영양소가 너무 많아서 탯줄이 감당하기 힘들잖아. 빠른 시일 안에 절개해서 꺼내는 게 좋을 것 같아."

다음날 아이를 꺼내 침대에 눕혔다. 아이는 갓난아이처럼 큰 소 리로 울어 대기 시작했다. 그런 아이를 쓰다듬어주는 지섭.

"아가. 소중한 아가. 넌 내 마지막 희망이란다…"

지섭이 아이를 꼬옥 껴안자 아이의 울음이 멈추고 가쁜 숨을 내 쉬고 있었다. 아마 태어나서 처음 하는 호흡이기 때문인 듯하다.

다음날 노동신문에는 또다시 대서특필되었다.

플라스크의 아이. 건강히 태어나다!

내용은 대략 이러했다. 북한이 자국 기술력으로 만든 인공 자궁으로 세계 최초로 사람을 인공적으로 생산했다는 것이었다. 인공 자궁 팀에게 훈장이 발급될 예정이라고 했다.

세계 학자들은 믿지 않았고, 현 기술력으로는 절대 불가능하다는 의견이 압도적이었다. 그러나 북한에서는 이미 현실이었다.

"가, 나, 다, 라, 마, 바, 사, 아, 자, 차, 카, 타, 파, 하."
"그, 나, 다, 르, 므, 브, 서, 아, 저, 차, 커, 타, 바, 아!"

지섭은 딸아이를 지극정성으로 보살피며 가르쳤다. 북한 정부에서 준 특별훈장과 함께 받은 포상금으로 생계를 유지할 수 있었기 때문이다. 그동안 팀원들은 인공 자궁을 양산하는 작업에 착수했다. 목표 개수는 연간 1,000개. 엄청난 자금이 들어가는 일이었다.

"천 개씩이나 만들어서 어디에 쓰려고 하지? 불임 외국인들 아이라도 낳아주고 돈 좀 벌어보겠다는 건가?"

지섭은 의아해했지만 상관없었다. 아내를 똑 빼닮은 딸아이가 있었기 때문이다. 이름은 은혜였다. 아내가 지어줬던 그 이름. 김은혜…

은혜는 아버지의 사랑과 주위의 관심을 받아 무럭무럭 자라 어느덧 14살의 정도의 체격이 되었다. 실제로는 8살밖에 되지는 않았지만 말이다. 성장 호르몬을 주기적으로 맞았기 때문이다.

"지섭아. 이제 슬슬 다음 단계로 가야 하지 않겠니?"

"… 괜찮을까."

"걱정 마. 다 잘될 거야. 그리고 애초에 여기까지 온 목적이 그거 였잖냐."

"하지만 은혜에게 그런 짓을 할 용기가 없어…. 배란유도해서 난 자를 빼내야 한다니…. 은혜가 용서해줄까?"

세혁은 멀리서 낡은 나무 그네에 앉아서 하늘을 올려다보며 그 네를 타고 있는 은혜를 지그시 바라본다.

"그건… 당사자에게 물어보면 되지 않을까? 은혜야!"

"자…잠깐…!"

은혜는 그네에서 폴짝 뛰어 내려와서 조르르 달려왔다.

"세혁 삼촌! 왜요?"

"은혜야. 어머니가 보고 싶니?"

"저는 엄마가 없어요."

"엄마를 만들고 싶지 않니?"

"그… 그만해…!"

지섭은 세혁을 말렸다.

"그만… 내가 알아서 할게…"

"으이그… 마음 여린 지섭이… 여기까지 와서 철회하겠다니 안타 깝네. 그럼…."

세혁이 다리를 꼬며 능청스럽게 말한다.

"희주 씨의 기억… 폐기해도 되는 거지?"

'쿵~.'

세혁의 갑작스러운 한마디에 지섭의 가슴이 내려앉았다.

"희주. 희주가 누구야?"

은혜가 묻는다.

"너희 어머니란다. 너를 낳으려다가 돌아가신 분이시지. 삼촌이 되살려줄 수 있어."

"…"

지섭은 침묵했다. 은혜는 기뻐하면서 묻는다.

"정말요? 엄마를 되살릴 수 있다고요?"

"음… 네가 조금만 도와준다면…? 아저씨가 도와줄 수 있지."

"제… 제가 어떻게 하면 되죠?"

"크게 어려운 건 없어. 은혜가 주사 몇 방만 맞으면 돼."

"뭔지는 잘 모르겠지만, 삼촌께 맡길게요. 할게요!"

지섭은 눈물을 흘린다. 그런 지섭을 보고 세혁은 웃음을 짓는다.

"흑…. 흐흑…"

"아빠. 왜 울어?"

"아빠는 엄마 생각에 우는 거란다. 은혜가 어서 엄마를 찾아줘야겠구나."

"아빠… 내가 노력해볼게. 울지 마."

"은혜 가끔 아래에서 피가 나오는 날 있지? 그날 다다음날에 아저씨를 찾아오렴."

"예, 알겠습니다."

이미 조기 성숙한 몸으로 생리를 시작한 은혜에겐 어렵지 않은 조건이었다. 더구나 어머니를 만나게 해주겠다니, 어린 은혜에게는 사명감이 불타면서도 떨리고 두근거리는 일이었다.

그런 은혜를 바라보는 지섭의 눈빛은 미안함 반, 기대감 반으로 차있다. 딸에게 못된 짓을 하는 게 아닌가 하는 생각과 정말 다시 아내를 만날 수 있게 된다는 기대감이 교차했다.

드디어 그날이 왔다.
"삼촌. 저 왔어요."
"옳지. 마침 잘 왔다. 저쪽에 앉아보련?"
세혁은 주사를 들고 와서 은혜의 눈높이에 맞추었다.
"이건 너희 엄마를 위한 일이야. 너희 아버지도 간절히 바라는 일이기도 하지."
주사기를 꽂고 주입하는 세혁.
"으윽…"
은혜는 말없이 눈을 질끈 감고 주사를 맞는다.
은혜는 2주일에 걸쳐 이틀에 한 번꼴로 같은 시간에 같은 주사를 맞았다. 며칠에 한 번씩 초음파 검사도 이어졌다.

그리고 2주가 지난 어느 날,
"좋아. 그동안 수고 많았다. 은혜야."
"저는 이제 다 한 건가요? 끝난 거에요?"

"마지막으로 하나만 하면 된단다. 이리 와보렴."

평소와는 다른 주사기를 가지고 온 세혁.

"이것만 맞으면 이제 엄마를 만들 수 있게 된다. 잠시만 자고 일어나면 되는 거야."

"알겠어요… 자, 여기…."

여느 때처럼 소매를 걷어붙여 가느다란 팔을 내민다.

"고생 많았다 아가."

주사를 맞고 침상에 눕혀진 은혜. 가운을 입은 사람들이 몰려들어 무언가 작업을 한다.

"난자 채취 완료했습니다. 총 23개입니다."

"충분하군. 지섭이가 기뻐하겠어."

"20개 보관하고 3개는 곧바로 샘플조직의 체세포핵 이식 시행하겠습니다."

"그러도록 해. 아마 지섭이도 하루빨리 보고 싶어 할 테니."

의료진들은 미리 분리해서 화학처리를 해놨던 희주의 체세포핵을, 핵을 제거한 은혜의 '수핵 세포질에 삽입하여 분화를 유도했다. 그러나 3개의 수정란은 모두 배양에 실패했다.

"뭐, 인간 복제는 세계 최초이니만큼 쉽지 않은 일이지."

세혁은 무덤덤하게 다시 10개의 난자를 꺼내어 핵을 치환하고 분

---

* **수핵 세포질** 난자.

화를 유도했다. 무언가 잘못된 걸까. 10개 모두 실패하고 말았다.

"왜 안 되는 거지? 단순한 확률의 문제인가?"

세혁은 남은 10개의 난자 중 5개에 다시 한번 시도했다. 그런데 이번에는 운 좋게도 두 개의 수정란에서 배발생이 일어났다!

"역시 확률의 문제였군. 그것보다 두 개라니…. 이거 재밌는 일이 생기겠는걸."

두 개의 배아를 새로운 배양액으로 옮긴 후, 4일간 배양한 결과 양쪽 다 양호한 상태까지 분열되었다. 세혁은 흡족해하면서 지섭에게 의기양양하게 말을 건넸다.

"네가 하지 못한 일을 내가 해냈다. 마음 여린 너라서 혼자였으면 불가능했겠지만, 나여서 가능했다."

"…"

"일단 배양실로 좀 와볼래?"

말없이 세혁을 따라간 지섭. 두 개의 시험관이 복잡한 기계장치에 담가져 있었다.

"봐. 두 개나 성공했어! 어쩔래? 어느 쪽을 선택할 거야?"

"무… 무슨 소리지?"

"희주가 둘이었으면 좋겠나? 아니면 한쪽은 버려야지. 안 그래?"

"희주가 둘이라고…?"

"네가 보다시피 배양된 배아는 둘이야. 둘 중에 특별히 상태가 좋거나 나쁜 것도 없어. 그런데 둘 다 배양하게 되면 어떻게 될까?

다시 한번 묻는다. 희주 씨가 두 명이면 좋겠니?"

"내가 결정해야 한다는 말이야? 한쪽 희주를 죽이란 말이잖아!"

"애초에 네가 자초한 일이야. 운이 좋게 두 개나 되어버렸는걸."

"이럴 수가… 어쩌면 좋지…?"

"정 선택하기 어려우면 내가 사다리 타기로 결정해줄까?"

"닥쳐!"

"워워… 진정하라고. 이성적으로 생각해야지. 화낸다고 될 일이 아니야. 인공 자궁으로 삽입은 내일로 예정되어있어. 내일 오후 2시까지 결정하지 않으면 둘 다 배양하도록 하지."

세혁은 깊은 생각에 빠진 채 집에 돌아왔다.

"아빠. 엄마 어떻게 됐대?"

"…"

세혁은 딸에게 묻는다.

"엄마가… 둘이었으면 좋겠어?"

"엄마가 둘? 보통은 한 명 아니야?"

"…"

지섭은 밤새 고민했다.

그토록 사랑했던 희주가 둘이라니. 그런 상황에서 희주에게 기억을 돌려줘 봤자 혼란스러울 수밖에 없을 것만 같았다. 둘이 되어버린 희주가 과연 그런 상황을 기뻐할까?

그렇지만 희주를 죽인다는 건 더더욱 쓰라린 일이다. 저 눈에도 안 보이는 세포 조각이, 그토록 갈망했던 희주가 된다니.

지섭은 끊임없이 생각하고 생각했다.

다음날 오후 1시 30분.

"삽입 준비 마쳤습니다."

"잠시 기다려봐."

잠시 후, 지섭이 나타났다.

"결정했나? 네 성격에 선택하기 쉽지 않았을 텐데?"

"하나를 버릴게…. 선택은 네게 맡기지."

"와…. 대단한걸. 희주를 그렇게나 아끼던 지섭이 네가 희주 씨를 버리겠다니. 정말 놀라운 발전이야!"

"선택은 어떻게 할 거야?"

"내가 알아서 하지. 사다리 타기든, 동전 던지기든, 주사위 굴리기든 뭐든 가능하잖아? 50% 확률만 내면 되는 거잖아? 하하"

"미친놈…."

"그래도 다행스럽게 여기라고. 여긴 남조선이 아니니 너를 비난할 사람은 아무도 없어. 모든 게 가능해. 나 같은 친구를 둔 자신에게 감사해야지. 안 그래?"

"후… 연구소에서 같이 일할 때는 전혀 눈치채지 못했다. 네가 이렇게 나사 빠진 놈이었다는 걸…."

"나사 빠진 발상이 진보를 이루는 거야. 떨어지는 사과를 보며 중력을 생각하고, 목욕탕에 들어갔다가 맨몸으로 유레카를 외치며 뛰쳐나온 사람들도 다 나사 빠진 사람들 아닌가? 그들이 있었기에 지금 이 순간이 있었던 거야."

세혁은 컴퓨터 앞에 선다. cmd를 켜고 랜덤추출 명령어를 입력한다. 숫자를 대입한다.

$$a=\{0,1\}$$

"자, 네가 자신 있어 하는 코딩이지. 엔터 버튼만 누르면 돼. 0이 나오면 왼쪽 수정란을 버리는 거고, 1이 나오면 오른쪽 수정란을 버리는 거야."

"젠장…."

지섭은 어쩔 수 없다는 듯이 엔터를 눌렀다. 잠시 후 cmd에 추출 결과가 나왔다.

$$0$$

"좋아. 오른쪽으로 정해졌군. 알파 개체는 폐기하도록 해. 베타 개체를 삽입한다."

"미안해 희주야…. 미안해…."

"구차하게 이제 와서 뭘 그런 걸 따지나. 아직 성인도 안 된 자기 딸년 과배란 유도까지 시킨 사람이… 갈 때까지 가봐야지 않겠어?"

지섭은 말없이 조용히 울고만 있었다.

2년이란 시간이 흘렀다. 조금 더 발전된 인공 자궁 덕분에 이제 청소년기 신체까지는 키울 수 있게 되었다. 희주는 배양되는 2년 동안 약 12세의 신체능력과 지능을 얻게 되었다.

"희주야…"

희주의 어릴 적 사진과 똑 빼닮은 아이가 인공 자궁 안에서 새근새근 자고 있었다. 지섭은 한시라도 빨리 꼬옥 껴안아주고 싶었지만 그러지 못했다.

"이제 슬슬 절개할 때가 왔군."

그때 세혁이 나타났다.

"그래, 이쯤이 좋겠어… 비록 나이는 많이 어리지만…"

"잘 생각했다. 이번 주 금요일에 시행할 수 있도록 하지."

금요일. 지섭과 은혜가 지켜보는 가운데. 세혁은 의료진과 함께 절개 시술을 시행하였다.

'푸쉬익- 쩌어어억~'

'콸콸콸콸~'

인공 양수액이 폭포수처럼 터져 나온다. 그 안에 고이 잠들어 있던 희주가 눈을 비비며 큰 울음소리를 낸다.

"응애- 응애애-"

이 모습을 지켜보던 은혜는 큰 충격에 빠졌다.

"욱… 우욱…. 저…저게 우리 엄마라고?"

지섭은 은혜의 뒤로 가서 양어깨에 손을 얹고 말한다.

"비록, 모습과 지능은 어릴지라도 분명한 네 어머니란다…. 곧 기억을 되찾을 거야. 그럼 너를 사랑으로 아껴 주실 거란다."

지섭의 격려에도 불구하고 은혜는 혐오의 골짜기에서 헤어나올 수 없었다. 자기보다 작은 체구, 초등학생 수준의 체구임에도 이제 막 숨 쉬는 법을 배우고 있는 저 소녀가 어머니라니.

"미안, 아빠… 먼저 집에 가볼게…."

"그러려무나. 이봐, 세혁."

"응?"

"그래서 기억은 언제쯤 돌아오는 있는 거지?"

"적어도 시냅스가 형성이 멈출 때까지는 기억을 삽입하지 못해. 지금 넣어봤자 시냅스가 새로 생기면서 기억이 지워지거나 혼돈이 올 거야. 성인 정도가 되면 시냅스 생성 작용이 거의 일어나지 않지. 아마 그때까지 기다리는 게 좋을 거다."

희주는 12세의 몸으로 걸음마부터 시작해서 말하는 법을 배우기 시작했다. 이미 은혜를 가르친 적 있는 지섭에겐 그다지 어려운 일은 아니었다.

어느덧 은혜가 스무 살이 되던 날. 실제 나이는 14살밖에 되지 않았지만, 그녀는 지성적으로나 신체적으로나 성숙했다. 그녀는 대학에 가지 않고 연구소에서 일을 하며 기술을 배우고 있었다.

"다녀오겠습니다. 엄마."

"잘 다녀오렴."

은혜의 말에 답한 소녀는 바로 희주였다. 어느덧 16세의 체격과 어느 정도 지능을 가지게 된 그녀는 집에 남아 집안일을 하며 지섭과 은혜를 보살폈다.

지섭은 점점 성장해가는 희주를 보면서 흐뭇한 미소를 지었다. 그는 희주가 성인이 되면 함께 잠자리를 할 마음을 먹었다. 정작 그의 나이는 벌써 37세였지만 말이다.

"오늘 어땠어, 언니?"
"나쁘지 않았어. 그보다 오늘 저녁은 뭐니?"
비록 지섭이 있을 때에는 엄마와 딸 사이를 강요받지만, 은혜와 희주, 단둘이 있을 때에는 언니동생 하는 사이였다. 그런 그 둘의 사이는 모녀지간이라고 하기에는 뭔가 잘못된 것 같았다. 굳이 표현하자면 여모지간이라는 말이 더 어울리지 않은가.

"여보, 나왔어."
넥타이 끈을 풀며 지섭이 현관문을 열고 들어온다.
"다녀오셨어요. 여보."
은혜는 아버지를 혐오했다. 20살도 넘게 차이 나는 어린 소녀를 아내 삼다니. 말도 안 된다고 생각했다. 지섭이 곧 기억을 주입하느니 어떠니 핑계를 댔지만, 그런데도 은혜는 그런 아버지가 못마땅했다.

희주가 20살이 되던 날, 드디어 때가 왔다. 중국에서 빌려온 씬쉬찌는 연구실에 배치되어 있었고, 희주의 시냅스 생성은 끝난 지 오래였고, 몸도 뇌도 성인의 것이 되었다. 희주는 지금의 삶으로도 충분히 만족하고 있었다. 그러나 궁금하기도 했다. 예전의 기억들이. 그것들이 어떤 기억인지도 모르고. 그저 순수한 호기심에 응했다.

"자, 이제 시작하자고."

세혁은 금고에서 오래된 하드디스크를 하나 꺼냈다. 10년은 되어보이는 8TB짜리 하드디스크였다. 세혁은 하드디스크를 컴퓨터에 꽂고 키보드를 두들기며 씬쉬찌와 연결을 시도한다.

컴퓨터 화면에는 한자로 된 창이 쉴 새 없이 뜨고 있었고, 세혁은 그걸 다 알아보는 듯, 막힘없이 마우스 클릭을 이어갔다.

Uploading…

드디어 알아볼 수 있는 언어가 나왔다. 엄청 천천히 차오르는 % 게이지가 지섭을 더욱 애타게 했다. 아침쯤 시작해서 저녁이 되어서야 완료되었다.

Complete!

"좋아. 이제 희주 씨. 저기에 가서 누워계세요."

"네."

희주는 순순히 자리에 누워 기다렸다. 잠시 후 연구원들이 와서 주사를 꽂는다. 이후 곤히 잠든 희주의 모습을 보며, 지섭은 떨림을 주체할 수 없었다.

"시작하지."

희주의 머리가 커다란 구 형태의 기계에 들어간다. 이후 기계가 360도로 회전하면서 기묘한 기계음을 낸다.

"좋아. 예정대로 잘 되어가고 있군. 지금 시냅스를 재배열 중이야. 아마 마취가 끝날 때쯤이면 본래의 기억이 전부 돌아와 있을 거야."

"고맙다."

"너도 같이 한 일인데 뭐. 하하!"

그렇게 몇 시간이나 뱅글뱅글 돌아가던 기계가 멈추었다. 지섭은 희주에게 향한다. 희주는 아직 마취에서 덜 풀린 모양이다.

"희주야! 희주야…!"

"으…으응…."

"희주야! 정신 차려봐! 나 알아보겠어?"

"으…으응… 여보? 나… 머리가 많이 아파…."

세혁이 지섭을 가로막으며 말한다.

"오늘은 이만 하도록 하지. 지금 막 기억을 삽입 받아서 뉴런들이 재배치되느라 머리가 많이 지끈거릴 거야. 네 입장도 어느 정도 이해는 가지만, 일단은 휴식을 취해야 돼."

"세… 세혁 씨?"

"예, 맞습니다. 많이 혼란스럽겠지만 잠시 누워서 휴식을 취하시길 바랍니다. 어디 불편하시거나, 필요한 게 있으시면 옆에 대기 중인 간호사한테 요청하세요. 우선 휴식이 먼저입니다."

희주는 머리가 지끈거려 버틸 수가 없었다. 머리를 감싸고 신음을 내었다. 차례차례 떠오르는 기억들이 희주의 머릿속에 스멀스멀 올라온다…

어린 시절의 기억부터, 지섭을 처음 만난 순간, 지섭에게 고백받았던 순간, 여러 번 아이를 잃었던 기억, 그리고 자살 기도했던 그날의 기억까지…

그녀는 왼쪽 손목을 보았다. 분명 식칼로 있는 힘껏 베었던 기억은 있지만, 왼쪽 손목에는 어떠한 흉터 하나 남아있지 않았다.

'뭘까? 내게 무슨 일이 일어난 거지? 사후세계인가?'

그녀는 떠오르는 기억과 이곳의 상황을 매듭지으려 노력했다. 하지만 그녀는 본인의 기억과 현 상황이 이어지는 연결고리를 도저히 찾아낼 수 없었다. 그녀는 잠 못 이루는 밤을 보냈다.

다음날. 지섭과 은혜가 가장 먼저 찾아왔다.

"여보."

"엄마."

반가워하는 지섭의 표정과는 달리, 은혜의 얼굴은 딱딱하게 굳어있었다.

"여보. 그쪽은?"

"여보. 내가 해냈어. 우리 아이 만들어냈어!"

"어… 어떻게…?"

"말하자면 길지만, 확실한 건 너와 나의 유전체가 담긴 친딸이라는 거야. 나와 너를 반반씩 빼닮은."

"엄마, 조금 혼란스러울지도 몰라요."

은혜와 언니동생 하던 희주는 어느덧 성숙한 지성을 갖춘 어른이 되어있었다. 그동안에 언니동생 하던 기억이 사라졌다는 걸 알고는 서운함을 감출 수가 없었다.

"여보… 믿을 수 없어. 어떻게 된 거지? 난 분명 그때 죽었으리라고 생각했는데, 왼쪽 손목에는 자국도 없어. 게다가 몸도 되게 어려졌어…!"

"새로 만들었거든 너를…"

"뭐라고?"

"말하자면 긴데, 간단히 말하자면 인공 자궁으로 너와 은혜를 만들어냈어. 너는 생전의 유전정보와 기억이 그대로 남아있어. 있잖아, 여보. 나 정말. 엄청 노력했어. 당신을 위해서. 당신을 다시 보고 싶어서. 그리고 난 지금 너무 행복해. 우리 딸과 당신을 함께 볼 수 있어서."

"뭐라고? 애당초 가능한 일이야? 복제인간이라니 여론에서 반발이 심했을 텐데."

"음… 그게 말이지…. 사실 이곳은 북한이야. 세혁이의 도움으로 너를 되살릴 수 있었어. 그거 알아? 세혁이 알고 보니 간첩이었더라고. 하하"

"세혁 씨가?"

당황한 기색이 역력한 희주의 모습이 귀여워 지섭은 희주를 보고 웃음을 지었다. 하지만 은혜는 아직도 아쉬운 마음을 숨기지 못한다.

"엄마. 있잖아…. 우리가 지금까지 함께했던 몇 년간의 기억이 사라졌어. 하지만 괜찮아. 지금부터 다시 만들어 나가자."

"그래, 은혜야. 네가 있어 줘서 정말 고맙구나… 흑흑…"

희주는 있는 힘껏 은혜를 와락 껴안았다. 그런 희주에게 은혜도 와락 안겼다. 지섭은 옆에서 이 모습을 바라보며 흐뭇한 미소를 짓는다.

'위잉~'

두 모녀를 지켜보던 이는 지섭뿐만이 아니었다.

CCTV로 그들을 지켜보던 세혁은 음흉한 웃음을 짓는다.

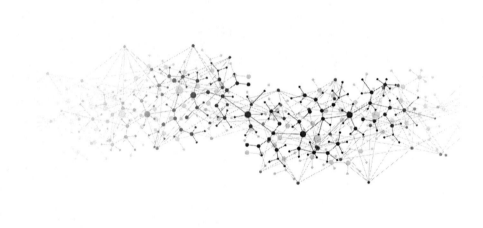

네피림

'위이이이이이이이잉~.'

펄럭이던 빨간 머플러를 바라보던 아이코에게 드론 하나가 날아왔다. 드론 밑에는 곱게 접혀있는 편지가 한 장 매달려있었다. 아이코 앞에 멈춰 선 드론. 아이코는 주변을 살펴보지만 주위에는 그 어떤 인기척조차 느낄 수 없었다.

"돌아가도 돼요."

편지를 받은 아이코가 말했다.

드론은 하늘로 높이 솟아 올라가더니, 곧 숲속으로 사라졌다.

아이코는 편지를 열어보았다.

당신이 저희에게 관심을 표해주시다니 정말 영광입니다. 저희는 북조선에서 교잡 연구를 시행하고 있는 연구팀입니다. 당신처럼 교잡에 관심이 많고, 잘 알고 있는 사람은 어디에도 없을 겁니다. 당신이야말로 우리에게 꼭 필요한 존재입니다.

북조선에서는 모든 게 자유롭습니다. 자유로부터 자유로운 나라.

당신이 하고 싶은 거라면 무엇이든 가능하며, 비난받거나 제재하지 않습니다. 당신이 이루고자 했던 세상을 만들 수 있도록 돕겠습니다. 만약 당신이 이에 동참하시겠다면 이번 주 금요일 해질녘, 시마네 현, 오키 군, 오키노시마 정의 시라시마 해안에 나와 주세요. 부디 당신다운 선택을 하시길.

"나다운 선택을 하라니, 꽤 오랫동안 지켜봤나 보군. 좋아. 당신네 말대로 하겠어."

그녀는 그동안 연구해온 자료를 스캔하여 USB에 넣고, 종이로 된 자료는 마당에서 다 불태워버렸다. 그리고 정갈하게 정리해놓은 짐을 다시 풀고, 정돈하여 가방에 담았다. 그래 봤자 실내용 옷 한 벌, 실외용 옷 한 벌씩이었지만. 수요일 밤, 그녀는 채집통에 쵸시를 옮겨 담았다.

"새로운 세상으로 가는 거야 쵸시. 해외여행은 처음이겠구나?"

쵸시는 물끄러미 아이코를 쳐다보았다. 아이코는 손전등을 들고 야산에 오른다. 사와코의 묘 앞에 멈춰 서서는 엎드려 절한다.

"어머니, 드디어 제가 탈피할 때가 온 것 같아요. 버티고 기다리는 건 이제 그만할래요. 저는 노력해왔어요. 이제 날개를 펴고 날아갈 일만 남았어요. 죄송하지만 당분간은 못 찾아뵐 것 같네요. 제가 이 갑갑한 번데기에서 탈피하는 그날, 다시 어머니를 찾아뵙도록 할게요. 그때까지… 조금만 기다려주세요. 키워주셔서 정말 감사합니다. 어머니."

그녀는 다시 집으로 내려와 짧은 편지 한 통을 쓴다.

당신이 이 편지를 읽을 때쯤이면 아마 다시는 볼 수 없는 상황에 있을 겁니다. 저는 일본을 떠납니다. 더 이상 돈 안 보내도 되고, 아버지 행세하지 않아도 됩니다. 정 아버지 행세를 하고 싶다면 이 앞산에 있는 어머니 묘소라도 자주 찾아뵈어 주세요. 제가 떠나면 외로우실 것 같으니까요. 그럼 수고하시죠. 아저씨.

목요일 아침, 아이코는 가방에 쿄시를 넣고 떠날 준비를 마쳤다.
"쿄시, 준비되었지? 가자!"
아이코는 기차를 타고 마쓰에 시까지 갔다. 거기에서 하룻밤을 머문 뒤, 금요일 아침 일찍 일어나 미호노세키초 시치루이를 경유해 오키노시마 정에 도착했다. 그녀는 버스를 타고 드디어 시라시마 해변에 도착했다.
"안녕이네, 일본은."
그녀는 가방을 잠시 내려놓고, 아름다운 시라시마 해변의 절경을 감상했다. 고향을 떠난다는 아쉬움과 갈망하던 연구를 할 수

있게 되었다는 기대감이 겹쳐 그녀의 가슴에 애매모호한 감정을
일으켰다.

어느덧 저녁 6시. 서쪽에서는 이미 해가 지기 시작했다.

'우우우웅~'

그때 바위섬 뒤에 숨어있던 낡고 초라한 작은 배 한 대가 시라시
마 해변으로 다가온다.

"올 것이 왔군."

누군가 배의 갑판에서 서투른 일본어로 크게 외쳤다.

"자신이 누구인지 밝히시오!"

"당신들이 찾던 아이코입니다!"

마치 오랜만에 만난 친한 친구를 만난 듯, 반갑다는 듯이 크게
외쳤다.

"내려와서 올라타시오!"

"예, 알겠습니다!"

아이코는 서둘러 가방을 다시 어깨에 메고 조심조심 배에 다가
갔다. 배에는 선장 한사람과 통역관으로 보이는 사람 한 명이 있었
다. 그녀에게 손을 뻗어 갑판으로 올려주고는 선장에게 탑승 완료
했다고 외친다.

시끄러운 엔진 소리를 내며 배가 출발했다.

'부우웅~ 부와아아앙~ 와아아앙~'

"어우, 시끄러워…. 이왕 모시러 왔으면 좀 좋은 배를 준비해주

지…"

그녀는 시끄러운 엔진 소리와 울렁이는 파도에도 아랑곳하지 않고 곤히 잠들어버렸다. 그동안 따가운 눈초리에 묻혀 살았던 그녀였기 때문이 아닐까.

"일본 에미나이, 이런 상황에도 잘도 자는구먼기래."

몇 시간이나 지났을까. 불그스름한 새벽 노을이 스멀스멀 기어오를 때쯤이었다.

"내리시우. 다 왔수다."

"음…. 흐암…"

눈을 비비며 일어난 아이코.

"함경북도의 김책 시오. 곧 데리러 올 터이니 잠시 기다리라우."

잠시 후, 멀끔한 지프 차 한 대가 다가왔다.

"뭐야, 예정보다 일찍 왔구먼?"

"오늘은 파고가 낮아서 수월했어. 어서 데려가."

"아가씨, 타시우. 당신을 찾는 사람들이 있수다."

뭔 소리인지는 못 알아들었지만, 뒷좌석에 타라는 모션이었던 것 같다. 아이코는 무거운 몸을 이끌고 지프 차 뒷좌석에 올라탔다. 가방을 슬쩍 열어보더니, 쿄시의 상태를 살핀다. 다행히 잘 버텨준 것 같다.

"쿄시, 곧 있으면 도착하니까 걱정 마."

"출발하겠습니다."

한 시간 반쯤 지났을까. 점점 산골짜기로 들어가는 것 같았다.

"거의 다 왔소."

'뭐지? 연구시설은 어디 가고 왜 자꾸 산골짜기로 들어가는 거지…? 설마 나 인신매매 당하는 거 아니야? 하지만 굳이 감시부터 밀입국까지 시켜서 할 이유는 없을 것 같으니, 조금 더 기다려보자.'

어느 갱도 같은 곳에 다다랐다. 이내 지프는 속도를 줄이더니 갱도 앞에 멈춰 선다. 깔끔한 흰색 가운을 차려입은 한 남성이 다가온다. 유창한 일본어로 말을 건다.

"안녕하십니까. 아이코 씨. 어렵게 오시느라 정말 고생이 많았습니다. 이렇게 와주셔서 정말 감사합니다."

"네, 별거 없었어요. 그보다 연구실은 어디에 있죠?"

"하하… 연구실보다 저를 먼저 소개하도록 하겠습니다. 저는 리세혁. 편지를 보낸 장본인입니다. 네피림 프로젝트의 부장입니다. 잘 부탁드립니다."

악수를 청하는 세혁. 아이코는 멋쩍게 악수를 받는다.

"자 그래서, 제 연구실은 어디에 있죠?"

"하하. 의지가 불타오르시는군요. 좋습니다. 바로 저쪽입니다."

어두컴컴한 갱도를 따라 내려가 뻑뻑하게 잠긴 철문 앞에 섰다.

"아이코 씨 오셨다! 문 열어라!"

"옙! 알겠습니다!"

'끼이이익~'

문이 열렸다. 부족함 없어 보이는 연구실이었다. 연구원들도 뭔가 열심히 하고 있는 것 같았다.

"보십시오. 마음에 드십니까?"

"마음에는 듭니다만, 저는 어느 위치에서 연구를 추진할 수 있죠?"

"물론 아이코 씨께 이곳에서 가장 높은 위치를 제공했습니다. 원하는 연구라면 무엇이든 시행하셔도 되고, 필요한 연구시설이나 재료가 있으면 말씀하시죠."

"네, 감사합니다."

'꺅! 우꺄꺄!'

'그르르르릉… 월!'

어디선가 희미하게 동물들의 울음소리가 들린다.

"무슨 소리죠?"

"실험체들도 아이코 씨를 반기는 것 같군요."

"실험체요?"

"예, 이곳에는 수많은 실험동물이 있습니다. 마우스부터 침팬지, 제브라 다니오, 개, 고양이, 매, 부엉이 등등."

"최고네요. 더할 나위 없이 좋은 환경이에요. 제가 바라던 세상이에요. 연구에 몰두할 수 있겠어요."

"우선 무엇이든 좋습니다. 잡종 교배를 시도해보시죠. 씬쉬찌라는 슈퍼컴퓨터도 있습니다. 이것도 중국에서 힘겹게 빌려 온 거라

적극 활용하시는 것도 좋은 방법일 거에요."

"예, 신경 써주셔서 고맙습니다."

아이코는 개와 고양이의 교잡을 시도했다. 인간들의 위치에서 볼 때 가장 유사한 생존수단을 가지고 있는 녀석들이었기에 뭔가 호기심이 갔다.

"좋아, 어렸을 때 티비에서 본 적 있지. 캣독이라는 우스꽝스러운 캐릭터. 한번 만들어보겠어."

그녀는 배란기의 암컷 고양이에 강아지의 정자도 주입해보고, 암컷 강아지에게 고양이의 정자도 주입해 보았다. 물론 예상한 대로 당연히 안 되는 일이었다.

애초에 염색체 개수부터가 크게 차이 났다. 개는 78개, 고양이는 38개였기 때문에 수정조차 일어나지 않았다.

"뭐, 예상했던 대로군."

그녀는 당연하다는 듯이 실험을 폐기했다. 그러나 그녀의 연구팀들은 두려움에 떨었다. 그동안 '이종교잡을 성공하지 못해 실적 미달로, 당으로부터 언제 지원금이 끊길지 모르는 상황이었기 때문이다.

하지만 그녀는 담담했다. 그리고 씬쉬찌를 만져보기 시작한다. 일본 사람이었기 때문에 어느 정도의 한자어는 알아볼 수 있었다.

---

* **이종교잡** 유전적 조성이 다른 두 개체 사이의 교배를 이종교잡이라 한다.

그녀는 염기서열을 분석하는 메커니즘을 입력하여, 고양이와 개의 체세포의 염기서열을 빠짐없이 분석했다.

이틀쯤 지났을까. 염기서열 분석이 끝났다.

"좋아. 확실히 빠르긴 빠르군. 쓸 만하겠어."

그녀는 고양이와 강아지의 쓸모 있는 유전자를 골라, 각각의 총 염색체 개수 합의 ½인 58개의 염색체를 가진 개체를 만들고자 했다.

3번의 실험 만에 성공했다. 강아지의 근력과 고양이의 유연성을 가진 캣독. 이 키메라 덕분에 그녀는 동료 연구원들에게 칭송받았고, 당국으로부터 훈장도 받아냈다.

"제재가 없으니 이렇게 쉽게 할 수 있는걸⋯. 생명 윤리니 뭐니랍시고 인류의 퇴보를 마냥 지켜보기만 하는 게으른 사람들에게 하루빨리 진보된 인류를 보여주고 싶군."

그녀는 완전히 해독된 고양이와 강아지, 캣독의 염기서열 중 겹치는 부분을 찾도록 코딩했다. 각각 12번 염색체, 26번 염색체, 12번 염색체에서 겹치는 부분이 있었다. 이 염기서열을 재조합하여 실험용 마우스의 수정란에 삽입시켰다. 유전형질이 변환된 이 마우스는 덩치에 비해 코가 조금 큰 편이었고 '비강과 후각세포가 상

---

* **비강** 얼굴의 가운데, 코의 등 쪽에 있는 코 안의 빈 곳을 말한다. 공기 속의 이물질을 제거하는 작용을 한다.

당히 발달되어있었다. 일반 마우스와의 대조실험 결과 후각이 수십 배 발달된 것을 알게 되었다.

"그래… 이거야…! 이거라고!"

그녀는 흥분했다. 자신이 그토록 갈망하던 특정 기관을 조작한 키메라가 탄생했기 때문이다. 그녀는 곧바로 이 염기서열을 하드디스크에 저장했다.

이후로는 비슷한 방법으로 사막여우로부터 얻은 청각 발달 유전정보, 침팬지로부터 얻은 동체 시력과 매로부터 얻은 고도의 시력, 부엉이로부터 얻은 야간투시력, 고릴라로부터 얻은 근력, 바퀴벌레에서 얻은 방사능 저항 유전자, ˚완보동물로부터 얻은 극한의 생명력까지.

그녀는 온갖 생물로부터 특화된 유전정보를 수집해왔다. 그리고 실험체 키메라들을 모두 박제시켜 연구실 한켠에 멋지게 전시해놓았다.

"으음… 정말 아름다워…. 내가 신이 되어 지구를 내려본다면 이런 기분일까?"

어느 정도 유전정보가 수집되자 세혁은 그녀에게 한 가지 부탁을 한다.

---

* **완보동물** 몸길이 0.1~1mm 정도의 매우 작은 무척추동물이다. 영하 273℃, 영상 151℃에서도 생존할 수 있으며, 생물에게 치명적인 농도의 방사성 물질 1,000배에 달하는 양에 노출되어도 죽지 않는 동물이다.

"혹시, 키메라 인간도 만들어 주실 수 있습니까?"

"제가 바라던 바입니다. 진화한 인간을 한번 만들어보죠."

그녀는 인간의 DNA에서 불필요한 DNA를 전부 빼버리고, 유전적 결함이 있는 부위를 정상적으로 재배열했다. 그리고 청각, 후각, 시각, 미각, 동체 시력, 근력, 방사능 저항성, 낮은 기초 대사량 등 그동안 수집한 유전정보를 모두 때려 박아서 인간의 배아를 만들었다.

인공 자궁에 의해 배양된 초기 배아의 형태는 여태껏 본 적 없는 특이한 형태였지만 , 얼마 지나지 않아 사람의 형태를 띠게 되었다.

아이코는 매주 최대허용 용량의 성장 호르몬을 투여했다.

"어서… 빨리 자라나라…."

6개월도 채 되지 않은 개체는, 어느덧 5살 정도의 체구를 가진 소년이 되어있었다. 아이코는 1년이 되던 해, 결국 참지 못하고 아이를 꺼냈다. 12살쯤 되는 체구였다.

아이를 데리고 실험을 하는 세혁과 아이코.

시력은 2.8, 근력은 웬만한 성인남성 못지않고, 후각과 청각에 굉장히 뛰어난 능력을 보였다. 동체 시력이 매우 빨라 복싱 볼을 대상으로 한 실험 결과 또래에 비해 10배 정도의 순간판단이 가능했다.

세혁은 매우 매우 흡족해했다.

"아이코 씨. 당신은 신의 손을 가지고 있습니다. 이제 당신을 데려온 본 목적을 알려드리죠."

"목적은 이미 이룬 게 아닌가요?"

"저희 조선민주주의인민공화국에서는 네피림 프로젝트라는 것을 추진 중입니다. 네피림이란 천사와 인간의 이종 교배로 태어난 사람을 뜻합니다. 뛰어난 신체능력을 가지고 있다고 하죠. 그래서 과거사에서 영웅으로도 간접적으로 등장하기도 했고요."

"예, 그래서요?"

"당신이 만든 저 생명체가 바로 네피림 1호입니다. 현재 저희 당국은 1,000여 개의 인공 자궁을 소지하고 있습니다. 앞으로 네피림을 대거 양성해서 혁명을 일으킬 것입니다!"

"혁명이라면, 전쟁을 하겠다는 건가요?"

"대의를 위해선 소가 희생될 필요가 있습니다. 네피림으로부터 보호를 받는 세상에서는 그 누구도 남의 것을 배척하지 못할 겁니다. 모든 나라가 네피림으로써 통일이 되면 판게아처럼 하나 된 지구촌을 만들 수 있을 겁니다."

"그렇지만 전쟁은… "

"아이코씨, 생각해 보십시오. 지금 우리나라뿐만 아니라, 전 세계는 잘못되어 있습니다. 부유층은 한없이 부유하고 향락을 즐기는 반면, 취약계층이나 아프리카 같은 동네의 난민들은 당장 먹을 것이 없어 헐떡이고 있습니다. 부유층들은 말로는 기부한다고 푼돈을 내놓기는 하지만, 부의 불균형은 날이 갈수록 심화되고 있습니다."

"그건 맞아요. 하지만…."

"말로는 이뤄낼 수 없습니다. 이성을 동반한 행동이야말로 세상을 바꾸는 씨앗이 됩니다. 세계의 모든 국가가 네피림의 존재로써 통합되면 더 이상의 국방비 지출은 필요 없을 겁니다. 강도, 갱단, 마피아 같은 사람들도 네피림의 감시하에서는 함부로 남을 건드릴 수 없을 겁니다. 아시겠습니까?"

"후… 얘기는 잘 들었어요. 하지만 동참하고 싶지는 않네요."

"뭐 상관없습니다. 이미 1,000마리나 배양 중이거든요."

"뭐라고요? 그렇다면 그 많은 난자들을 어디서 났죠?"

"저희 인민들의 희생 덕분에 문제없이 보급할 수 있었습니다. 곧 있으면 NPL-00001호부터 NPL-01000호까지 무사히 출산될 테죠. 우선 기초 군사교육부터 시행할 계획입니다."

"저는 이러려고 이곳에 온 것이 아닙니다. 적화통일이라뇨. 그것도 세계를 상대로 한다니 불가능합니다."

"상관없습니다. 그저 지켜보시기만 하면 됩니다. 우선 1호는 이만 없애버리는 편이 좋겠군요. 충분히 시험해 봤으니까요."

"잠시만. 1호는 손대지 말아주세요. 제가 키우겠습니다."

"곧 있으면 괴물이 될 아이입니다. 감당할 수 있겠습니까?"

"예, 괜찮습니다."

"뭐 상관은 없습니다만 아이코 씨와 외부와의 통신은 전부 차단하겠습니다. 그리고 생활반경도 이곳 연구부지 안쪽으로만 정하죠. 함부로 나갔다가 총을 맞아도 저는 모르는 일입니다."

"네, 숙지하겠습니다. 제가 알아서 사리도록 하죠."

아이코는 1호를 데리고 공동 주거시설로 들어왔다.
"안녕? 너를 만든 사람이란다."
"으엉웅엉…."
"그래. 이제부터 말하는 법을 배워보자. 우선 히라가나부터 시작
해볼까? 아 참. 이름을 정해주지 않았구나. 음… 네피림이라면…
아낙. 아낙이 좋겠군. 네 이름은 아낙이다!"
"아낫…."
"그래, 아낙!"

아이코는 아이에게 이것저것 가르쳐주기 시작했다. 일어, 영어,
한국어부터 시작해서 사람으로서 해야 할 일. 아낙의 존재. 연구
소 밖의 삶. 일본. 남북관계, 세계사. 등등.
아낙은 엄청난 속도로 모든 것들을 이해해냈다. 엄청난 천재였다
고 생각했다. 다만 배운 지 6개월이 지난 정보는 반 이상이 날아가
버렸다.
"대체 어떻게 된 거지…?"

아이코는 아낙을 데리고 연구실로 향했다. 아낙의 뇌를 관찰해
본 결과 아낙은 어린아이 수준으로 끝없이 뉴런을 생성하고 있는
것이었다. 새로 생긴 뉴런이 기존 뉴런의 배열을 흐트러 놓아 계속
해서 단기적인 기억상실증 증상이 도지는 것이었다.

'돌연변이였군. 예상 밖의 결과야. 급하게 급여한 성장 호르몬 탓일까? 어쨌든 뉴런이 이 정도 속도로 계속 쌓이게 되면 엄청난 천재가 되어버릴지도 몰라! 이 사실은 비밀로 하고 우선 더 지켜봐야겠어.'

어느 날 공동 주거시설에 방문 앞에서 아이코는 지섭과 눈이 마주쳤다.

'뭘 쳐다보는 거야… 기분 나빠.'

지섭은 은혜와 희주를 데리고 산책을 하려던 모양이었다. 아낙은 그들의 뒷모습을 보며 아이코에게 말을 건넸다.

"엄마. 아빠라는 건 어떤 존재인가요?"

"아빠라….'

아이코의 머릿속에는 어머니와 자신을 버리고 떠난 아버지에 대한 기억이 떠올랐다. 어머니 장례식장에서 본 원망스러운 아버지의 모습이 눈앞에 생생했다. 아이코는 고개를 휘휘 저으며 말했다.

"아버지란 존재는 필요 없는 존재야… 어쩌면 잔인한 존재지."

"하지만 정상적인 집에서는 아버지가 있다고 들었어요. 저희는 비정상인가요?"

"정상과 비정상은 없단다. 조금 다른 것일 뿐. 아낙. 너는 나만 있어도 충분히 행복하지 않니?"

"모르겠어요. 지금 저는 행복한 건가요? 행복이란 건 뭐죠?"

"행복이라는 건 말이다….'

아이코는 또다시 생각에 잠겼다. 어머니와 겐코를 데리고 버섯을 캐러 다녔을 때의 기억, 새벽녘 부화했던 사마귀들이 일렬로 행진하던 기억이, 그리고 초등학교 때 친구들과 곤충 채집을 갔던 기억이.

"행복이란 건… 네가 무언가를 하면서 보람과 즐거움을 얻었을 때 오는 감정이란다."
"나는 아직 느껴본 적이 없는 것 같아요."
"언젠가는 행복이란 걸 느낄 수 있을 거야. 조금만 기다려보자."
"네."

아이코는 그날 밤, 고향에서의 기억에 잠겼다. 이상한 소문에 엮였던 기억, 따돌림을 당했던 기억, 남들에게 조롱받던 기억, 그리고 어머니의 장례식장에서 눈물을 훔치던 아버지에 대한 기억….
'아버지라… 아빠 따위는….'

다음 날 아침, 날이 밝았다.
여느 때처럼 출근 준비를 하는 지섭과 또다시 눈이 마주쳤다.
"안녕하세요. 얼마 전에 오신 분 맞죠? 인사할 겨를도 없었네요. 만나서 정말 반갑습니다."
"아… 안녕하세요."
아이코는 그의 친절이 낯설기만 했다. 항상 비난하고 손가락질하던 사람들만 기억하던 그녀에게, 상냥한 말투로 말을 걸어주는 남성이라니. 겪어본 적 없는 경험이었다.

"혹시 외국인이신가요?"
아이코는 어리바리하다가 영어로 대답했다.
"예, 그렇습니다. 일본에서 왔습니다."

"하하. 잘 부탁드려요. 여기서 가정을 꾸리고 있는 김지섭이라고
합니다. 인공 자궁 개발팀 팀장이기도 하구요."
"저는 교잡 연구팀 팀장 아이코라고 합니다."
"이웃 간에 잘 모르고 지냈군요. 잘 부탁드려요!"
"앗, 네… 네…."

아이코는 뭔가 말로 설명할 수 없는 무언가가 마음속에서 우러
나왔다. 한 번도 느껴본 적 없는 이 기분은 무얼까. 행복이란 무엇
인가라고 물었던 아낙도 이런 심정이었을까. 대체 이 감정은 뭐란
말인가.
이 애매하고 아리송한 감정은 한동안 그녀를 괴롭혔다.

아이코는 이 감정을 애써 신경 쓰지 않으려, 할 일이 없음에도
불구하고 오랜만에 연구소에 출근도장을 찍으러 갔다.

연구소에서는 어디선가 또 다른 동물들을 들여와서 새로운 연
구를 하고 있었다. 아이코는 그녀가 그동안 만들어왔던 키메라 박

제들이, 어느새 떼어다가 버리고 싶을 정도의 흉물로 느껴졌다.

'내가 무슨 짓을 했던 거지…?'

그녀는 그제야 후회했다.

'내가 바라던 평화란 이런 게 아니야! 24시간 보호한다는 건 즉 24시간 감시하겠다는 거잖아! 소설 『1984』의 빅 브러더 체제야? 그래. 사람이 사람을 감시하기엔 한계가 있을 테고… 아마 저 씬쉬찌라는 녀석으로 빅 데이터를 수집해서 감시하고, 네피림으로 숙청하려는 셈이군… 하지만 나 혼자서는 막을 방법이 없어.'

그날 아이코는 팀장 자리에 앉아 멍하니 천장만 바라보았다. 그리고 저녁 즈음에야 터벅터벅 숙소로 돌아왔다.

방에는 아낙과 지섭이 있었다.

"다… 당신! 남의 집에서 뭐하는 거예요…?"

"아, 말없이 들어와서 죄송합니다. 아낙이 뭐라도 가르쳐달라고 해서요."

그의 앞에서 아이코는 부끄러움과 적개심이 교차했다. 지섭은 그런 아이코를 보며 조심히 자리에서 일어나면서 놀랍다는 어투로 아이코에게 말을 건넨다.

"아이코 씨. 아낙은 머리가 정말 좋은 것 같아요! 배운 걸 엄청난 속도로 습득해내요!"

"무… 물론 제가 만든 아이니까요…."

"정말 대단하세요. 역시 노토 박사님이십니다."

"제… 제 성은 어떻게?"

"이웃 간에 이름도 모르고 지내는 건 실례인 것 같아서, 아까 인트라넷으로 잠깐 알아봤어요. 아 참, 노토 씨. 이 책…"

지섭은 아이코의 서재에서 책 한 권을 슬며시 꺼낸다.

"이 책. 노토 씨도 읽어 보셨나 보군요."

『초보 엄마들을 위한 육아 입문서』라는 책이었다.

"하하, 멋대로 서재를 뒤져봐서 죄송해요. 하도 눈에 많이 익은 책이라서, 금방 눈에 띄어버렸지 뭐에요. 하하…"

"뭐라고요? 지섭 씨도 읽어보셨나요?"

"남한에 있을 때, 희주가 은혜를 임신했을 때 수십 번도 더 읽었죠. 하지만 정작 써먹은 건 북한에서 써먹었네요… 하하…"

아이코는 당황한 기색이 역력하다.

'남자가 육아라고? 말도 안 돼…'

"아… 저… 저는 아낙 때문에 육아 기본서를 좀 구해달라고 했더니 그걸 주더라고요. 해석하느라 애는 좀 먹었지만…"

"뭐, 북한에 육아 기본서 같은 게 있겠어요? 아마 남한에서 몰래 들여왔겠죠. 아무튼 아낙과 함께해서 즐거운 시간이었습니다. 아낙, 오늘 알려준 거 꼭 기록해뒀다가 복습하거라!"

"알려주서서 고마워요! 아저씨! 안녕히 가세요!"

'철컥~'

아이코는 지섭이 나간 지 한참이 돼서야 긴장을 풀 수 있었다. 이내 아이코는 아낙에게 크게 호통을 친다.

"아냑, 내가 함부로 문 열어주는 거 아니랬지?"

"그렇지만, 내가 일반 사람보다 훨씬 강한걸? 그리고 저 아저씨는 되게 좋은 사람 같았어. 그리고 나한테 새로운 걸 알려줬어. 이게… 음… 코딩이라고 했어."

"코딩이라고…? 하…하하… 정말 머리 아픈 걸 알려줬네…."

"왜? 난 별로 어렵지 않던데."

"그… 그렇겠지 너는…."

아이코는 다시 생각에 잠겼다. 남자가 육아에 관심을 둔다니…. 자신이 봐온 남자들은 자기보다 약한 개체를 짓밟고, 권위적이고, 위선적이며, 무정했었다. 하지만 이런 반례가 있었다니….

마음속에 자리했던 아리송한 감정이 점점 더 강렬해지는 것 같았다. 어릴 적 애써 외면한 아버지에 대한 갈망과 친절하고 상냥한 지섭의 존재가 겹쳐 그녀에게 특별한 감정을 선사했다.

어느덧 노동신문에는 다음과 같은 기사가 실렸다.

네피림 프로젝트의 성공! 혁명의 씨앗이 자라나다!

배양한 지 1년이 된 네피림들 1,000개체들을 탄생시켰다는 내용이었다. 해외 언론에서는 믿지 않았다. 애초에 인간과 동물을 교잡할 수가 없다며, 거짓투성이 선전용 기사일 뿐이라며 외면했다. 하지만 일본 과학계에서는 몇 년 전 갑자기 행적을 감춘 비윤리적인 과학자가 북한에 가서 연구에 가담한 것이 아니냐는 소문도 돌았다.

어느새 인공 자궁의 개수는 2,000개로 늘어났고, 또다시 배양에 돌입했다. NPL 00001호부터 01000호 중에는 몇 가지 돌연변이가 있는 개체들도 있었다. 진짜 사막여우의 귀가 자라나거나, 온몸이 어느 영장류처럼 털로 뒤덮여 있는 등등. 하지만 세혁은 그런 이들을 더욱 환대했다.

"여러분들은 신인류입니다! 혼란스러운 이 세상을 바로잡아줄 우리의 희망입니다!"

네피림의 성장 과정은 다음과 같았다. 평균적으로 13세 안팎의 체구로 태어난 아이들은 3년간 기초 군사교육 과정을 받은 뒤, 고등학생쯤 체구가 되었을 때 모의 전쟁을 한다. 이때 고무탄을 이용하며, 500 대 500으로 모의 전쟁을 치루는 것이다.

고무탄으로 15명 이상의 적을 사살하거나, 특별한 기관으로 전투의 판을 뒤집는 개체들, 명석한 두뇌로 전략을 짜서 전투를 승리로 이끈 개체들은 명예 네피림으로 분류되어 훈장을 받고 간부 교육 과정을 거치고, 나머지 네피림들은 다시 심화 군사교육 과정을 거친다.

네피림 프로젝트의 핵심은, 씬쉬찌로부터 각자의 기억을 부여받는 것이다. 씬쉬찌는 북한과 세계의 내외적인 상황과 네피림들의 역할과 재능에 따라 각자의 인공적인 기억을 심어준다.

예를 들면 어렸을 때 어떻게 자라다가, 어느 나라에 의해 부모가 돌아가신 기억이라든지. 아프리카에서 전쟁을 피하다가 이곳 북한까지 왔다는 기억이라든지. 미국의 자본주의자에게 인권을 짓밟히다가 월북했다든지.

기억 주입이 완료된 개체들은 따로 네피림 연대로 분류되어 명예 네피림을 주축으로 대대, 중대, 소대로 분류되었다. 이후 이 연대는 끊임없이 살상 훈련을 받았다.

"좋소. 아주 좋소."
박수를 치며 연대에게 경의를 표하는 네피림 프로젝트 본부장.
그 옆에서 프로젝트 부장인 리세혁이 보람차다는 듯 네피림들을 내려다보고 있다.
"그동안 고생 많았소. 리세혁 동무."
"아닙니다. 전부 본부장님께서 아낌없는 지원 속에 일궈낼 수 있었던 성과입니다."
"하하, 그렇게 말해주니 고맙구먼. 자, 이제 자네에겐 나만큼이나 높은 직책과 명예, 당으로부터의 신뢰를 얻었네. 앞으론 어떻게 살 생각인가?"
"하하. 예전부터 이루고자 했던 일을 할 예정입니다."

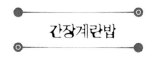

간장계란밥

다음날, 세혁은 지섭과 희주를 연구실로 불렀다.

"지섭아. 그동안 고생 많았다. 덕분에 이렇게 특진할 수 있었어. 그리고 조국에 대한 큰 헌신을 할 수 있었다."

"뭘, 나도 내가 원하는 걸 이뤘으니 더 이상 바랄 게 없어."

"하지만 나는 한 가지 더 바라는 게 있지."

'철컥~'

지섭의 뒤에서 권총의 조정간을 바꾸는 소리가 들린다.

"크흑…."

희주였다. 희주가 권총을 양손으로 쥐고 지섭을 향해 겨누고 있었다.

"뭐… 뭐야 당신. 왜 그래? 뭐 깜짝 파티야…?"

"하하하… 내 드디어 마지막 소망을 이루는군."

"뭔 소리야 대체!"

"크크큭… 큭큭…."

리세혁은 한참을 배를 부여잡고 낄낄 웃더니, 눈가의 웃음 눈물을 닦으며 말을 잇는다.

"희주 씨 말야… 정말 고운 것 같지 않아?"

"뭐라고?"

"나도 사실 이럴 계획은 없었어. 그냥 인공 자궁 개발에 사활을 걸, 나사 빠진 한 놈만 데리고 오면 되는 거였거든. 하지만 형수님을 뵐 때마다 도저히 내 가슴이 가만히 있지 않았단 말이지."

"이 미친 새끼가…!"

지섭이 잔뜩 화가 나서 옆에 있던 의자를 세혁의 방향으로 뻥 차 버리자, 희주가 천장을 향해 권총을 쐈다.

'탕~.'

"그만두는 게 좋을 걸? 이미 희주는 내 편이야. 기억을 입력할 때, 나에게 복종하도록 약간 손을 봐뒀기 때문이지. 지금 이 순간까지 그 사실을 감추도록 하기도 했고."

"지섭 씨… 피해… 어서… 은혜를 데리고 도망가…!"

"오호라… 내게 복종하도록 입력해뒀는데 이를 어긴단 말이지? 입력된 명령어에 반하는 행동을 하면, 아마도 머리가 깨질 듯이 아파올 텐데…."

"여보…! 그 총 어서 내려놔…! 이건 아니야!"

"하지만… 그럴 수 없어… 총을… 으윽…."

"하하하! 그래… 쏴버려! 네가 그렇게 아끼던 남편을… 너를 되살리려 평생을 바친 남편을 쏴버리라고!"

그녀의 검지에는 점점 힘이 들어갔다. 멈출 수 없었다. 마치 반사 신경마냥 본인의 의지로 꺾을 수 없는 무언가가 그녀를 조종하고 있는 것 같았기 때문이다.

'탕-!'

마침내 적막한 연구소 안에 총소리가 울려 퍼졌다.

"윽… 으윽… 어떻게 당신이…."
희주는 자리에 풀썩 쓰러졌다. 그녀의 총이 바닥에 툭 떨어졌다.

"어떻게… 어떻게…! 네가!"
바닥을 붉은 핏물로 물들인 건 다름 아닌 세혁이었다.
"분명히 나는 뇌를 조작했는데…! 어떻게 본인 의지만으로 머릿
속에 입력된 명령을 꺾을 수가 있지? 말도 안 돼!"
"후… 하… 후… 하….'
희주는 가쁜 숨을 내쉬며 자리에서 일어섰다.
"당신이 내 머릿속에 이런 끔찍한 감정을 심어둔 그 순간부터….
저이에게 말하지 못한 채, 지금 이러한 상황을 마주하게 되리라는
걸 알고 끊임없이 훈련했지. 심장을 임의로 멈추게 할 수 있는 사
람 봤어? 나는 그렇게 겨우 힘을 짜내서 발사하기 직전 총구를 옮
길 수 있었지."
"마… 말도 안 돼… 크헉… 헉…."
희주는 다시 권총을 주워서 있는 힘껏 양손에 꽉 쥐었다.

'탕-! 탕- 탕-!'
세혁에게 다가가 확인 사살을 하는 희주. 냉정한 얼굴로 방아쇠
를 당겨댄다.
"너 같은 놈은…! 너 같은 놈은 사라져야 돼!"

"안 돼! 희주야! 네 손을 더럽히지 마!"

"여보…."

확 뒤로 돌아 지섭을 향해 총구를 겨냥하는 희주.

"여보, 이제 단 한 발 남았어… 나는 지금 당신을 원망하고 증오하고 경멸하고 당장이라도 죽여 버리고 싶어. 하지만 나는 당신을 너무나 사랑해…."

"희주야… 나도 너를 사랑해…. 나를 죽이고 싶다면 죽여도 돼…. 하지만 너만큼은 은혜랑 아름답게 살아갔으면 좋겠어…."

희주는 자신의 가슴팍에 총구를 가져다 댄다.

"뭐… 뭐해 지금…. 뭐 하는 거야? 희주야!"

"오빠… 난 아직도 오빠한테 고백받았던 날 기억해… 오빠가 쑥스러워하면서 사귀자고, 진심이라고 했던 게 아직도 생생히 기억나."

"나도 기억나, 희주야…."

"사실 그때… 나 너무 기분 좋았어. 진심이야."

"이번엔 내가 고백할게. 오빠."

"응?"

"난 오빠를 정말 사랑했고, 함께여서 행복했어…."

"갑자기 왜 그래! 그러지 마 제발…!"

"진심이야."

"그러니까 앞으로도 함께 하자 희주야. 응?"

"하지만 이제 그러지 못할 것 같아…. 언제 사랑하는 당신을 죽일지 나도 잘 모르겠거든…. 나도 용기 내볼게."

"희주야…!"

"사랑해."

'탕~.'

"켁… 켁! 쿨럭….'

"희주야… 희주야! 정신 차려! 희주야!"

"오…오빠….'

"응… 희주야… 지혈해줄게…. 수혈하라고 의료진 부를게!"

"오랜만에….'

"응! 희주야 듣고 있어."

"간장… 계란밥이… 먹고 싶네…?"

"간장계란밥! 내가 매일 해줄게! 내가 아침, 점심, 저녁 간장계란 밥이고 뭐고 다 해줄 수 있어…. 제발 죽지 마! 어떻게 되찾은 너인 데… 이렇게 또다시 날 떠나지 마! 흑…흑흑….'

"울지… 마… 바보야….'

희주의 눈이 스르르 감기기 시작했다. 간신히 들고 있던 머리를 힘없이 아래로 툭 떨군다.

"희…희주야…! 정신 차려…! 희주야 눈 떠…! 으아아아아아악!"

그때 문득 무언가 생각이 났다. 사람은 죽은 후 10초 동안은 청각 만큼은 살아있다는 것이었다. 그는 곧바로 희주의 귀에 다가간다.

"희주야. 너여서 다행이었어. 너라서 행복했어. 사랑해. 영원히…. 이제 편히 쉬어….”

목이 메어 나오지 않던 마지막 한마디를 힘겹게 꺼낸 지섭. 희주
는 결국 피를 흘리며 차갑게 식어가고 있다. 황급히 달려온 보안관
들. 그들은 이미 늦었음을 단번에 알아차리고 지섭에게 상황을 보
고받는다.

은혜는 피투성이가 되어 홀로 돌아온 아버지를 보고 충격에 휩
싸인다. 어머니가 죽었다는 소식에 하염없이 눈물을 흘린다.
“엄마… 엄마…! 어떻게 저보다 먼저 가실 수가 있어요…! 엄
마… 흑…흑….”
희주는 두 번째 장례식을 치렀다. 지섭은 세혁과 희주를 죽인 혐
의로 2주간 감금 생활을 했지만, 얼마 가지 않아 무혐의로 풀려났다.

심지어 지섭은 은혜와 함께 서울로 귀국할 수 있게 되었다. 의아
해했지만 좋지 않은 추억만 남은 이곳 풍계리 연구소에서 나갈 수
있다니, 그는 곧바로 탈북했고 서울에 무사히 도착했다.

그가 그럴 수 있었던 이유는 그에게 감정이 생긴 아이코가 더 강
한 개체를 만드는 연구에 임하겠다는 조건을 걸고 네피림 프로젝
트 본부장과 거래를 했기 때문이다.

적화통일

생산된 네피림이 총 3,000개체가 되었다. 비록 그중 훈련 중에 죽은 개체나, 돌연변이나 유전 질환으로 죽은 몇몇 개체를 제외하면 2,800명 정도 되지만 말이다. 그들은 약 930명 1개 연대씩 배분하여, 최초로 네피림 특수부대 1사단을 창설했다.

이후 아이코는 한 가지 더 조건을 내건다. 네피림 프로젝트가 끝나면 아낙과 자신을 일본으로 무사히 보내줄 것. 프로젝트 중 지섭 부녀의 목숨을 보장할 것.

인공 자궁의 개수는 어느새 3,000개를 웃돌았고, 성장 호르몬을 더 효율적으로 사용해 성장 속도 또한 더 빨라졌다. 5년간 20000여 명의 네피림을 생산해냈고, 네피림 제1사단부터 3사단까지 묶어 제1군단, 4사단부터 6사단까지 묶어 제2군단으로 창설했다.

물론 네피림들의 피지컬은 1사단에서 6사단으로 갈수록 점점 더 강한 개체가 되어왔지만, 지난 몇 년 동안 뼈를 깎아내는 듯한 훈련을 마친 앞 기수 네피림들의 전투력 또한 결코 무시할 수 없을 정도였다.

총 2만 명의 키메라 특수부대를 손에 넣은 북한은 이미 핵을 포기했다고 선언한 지 오래였다. 풍계리 핵발전소는 폭발시켜서 없어졌다고 알려졌지만, 그들이 핵을 포기해가면서까지 놓치지 않은 것이 네피림 프로젝트였다. 핵과 미사일 실험에 들어가던 재화가 네피림들의 숙식과 훈련에 제공되다 보니, 핵과 미사일은 이미 개발을 종료했다고 선전하기에 충분했다.

북한 측은 남측에 평화로운 비핵화 의지를 뜻하며 손을 내밀었다. 이에 남한은 수긍했고, 평화 분위기가 조성되었다. 그 누구도 이 화해의 분위기가 폭풍전야임을 눈치채지 못한 것이다.

북한은 수십 척의 잠수함을 동원해 수회에 걸쳐 네피림 1개 사단을 일본 곳곳에 침투시켰다. 각각 AKM 한정과 7.62mm 탄알 210발, 4개의 수류탄과 한 개의 연막탄, 사흘간 먹을 식량과 물을 보급받아 일본 곳곳의 야산에 침투했다.

그리고 4개의 사단은 수십 회에 걸쳐 남한의 후방을 중심으로 침투했고, 나머지 1개 사단은 철책선 쪽에서 남침 준비를 앞두고 주둔하고 있었다.

그들은 남한의 야산에 호를 파고 이틀간 대기했다. 남한군 주요 부대의 인근 야산이었지만, 어느 누구도 눈치채지 못했다. 후방에 특수전투부대가 잠입할 것이란 건 상상조차 할 수 없었던 일이었기 때문이다.

더구나 미사일이 빗발치는 현대전에서 재래식 대인 전투라니. 그런 말도 안 되는 작전이 눈앞에 펼쳐지기 직전이었다.

"오늘 오후 5시, 판문점에서 남북한 평화 공존과 연합 추진 합의 선언을 발표했습니다. 앞으로 한반도의 평화와 남북 간의 교류가 추진될 것으로 보입니다. 이에 대해 미 국방성 측에서도 경축할 일이라며 환영의 의사를 표했습니다. 향후 남북협력 발전 방향은…."

이때, 속리산 정상에서 전국으로 무전이 울려 퍼졌다.
"NPL 전원. 작전명 똥개. 현 시간부로 작전을 시작한다."

어느 후방부대에서 무기 손질조차 하지 않고, 안일한 생각으로 군 생활에 임하던 류 병장은 오늘도 흡연장에서 빈둥거리며 신병을 데리고 놀았다.
"에휴~ 시바~ 25일 남았는데 웰케 시간 안 가나… 야! 막내야."
"이병 양선진!"
"재미있는 짓 좀 해봐라."
"잘 못 들었습니다?"
"잘 못 든건… 재밌는 것 좀 해보라고."
"이병 양선진… 모… 못 하겠습니다."
"에휴… 요즘 것들은 빠져 가지고 하려고 하지도 않지. 자. 이 돌멩이로 제기차기 3번만 성공하면 전역할 때까진 너, 내가 커버 쳐준다."

"이병 양선진! 한번 해보겠습니다!"

딱딱한 군화로 어설프게 돌을 차보는 신병. 이리저리 차이던 돌멩이는, 결국 옆에 서 있던 김 일병으로 향했다..

"이… 이병 양선진! 죄… 죄송합니다!"

"으하하하하! 그래 막내야. 그렇게 하는 거야. 알았냐?"

김 일병의 눈치를 살피는 이병.

"괜찮아. 괜찮아."

김 일병은 이를 으득 갈면서 이등병에게 괜찮다며 억지웃음을 짓는다. 류 병장은 흡연장에 누워서 하늘에 외친다.

"하~ 시바꺼. 군 생활 조또 재미없네. 뭐 재미있는 일 안 나나? 뭐 전쟁 같은 거 안 나나?"

옆에 있던 박 병장이 한마디 한다.

"재수 없는 소리 하고 있네. 전쟁 나면 니 바로 끽이야 새꺄."

"응~ 난 후방이라 안 죽는데~ 죽어도 전방 새끼들이 총알받이 해주겠지. 나는 전쟁 나면 탈영할 거임 수고~!"

그때였다.

'탕! 피슝~.'

누워있던 류 병장의 머리에 7.62mm 탄환이 정확히 꽂혔다. 사방으로 뇌 조각이 튀어버린 상황. 갓 들어온 이등병은 부들부들 떨면서 쓰러진다. 박 병장이 큰 소리로 외치며 소대장실로 향한다.

"상황 발생! 상황 발생!"

'탕! 피슝~.'

박 병장의 복부에 총알이 바람구멍을 냈다.

"켁… 쿨럭쿨럭… 상황… 발생했다고 전해… 빨리… 쿨럭…."

"이… 일병 김용준… 알겠습니다!"

빗발치는 총알을 피해 운 좋게도 소대장실까지 무사히 뛰어들어
간 일병. 뭐라고 설명을 해야 할지 몰라 머뭇거린다.

"지금 상황 발생했다고 알리랍니다… 총이 머리를 탕 하고…."

당직이었던 최 하사가 어이없다는 듯이 말한다.

"야, 뭐라는 거야. 똑바로 말해. 선임이 또 뭐 시켰냐?"

"류 병장님이 죽고… 박 병장님도 허리에 총알이…흑…."

"야, 잠깐… 너 몸에 묻은 거 그거 뭐야. 진짜야?"

"예…! 그렇습니다… 흐어엉…."

뇌 조각과 핏물에 젖은 전투복에 눈물을 뚝뚝 흘리며 두려움에
떨고 있는 일병을 보고 하사는 직감했다.

전쟁이라고. 진짜라고.

그는 마이크에 입을 대고 소대방송을 실시한다.

"상황 발생! 상황 발생! 전 소대원들은 분대장의 지시에 따라 본
인 총기와 탄알을 지급받도록. 분대장들은 총기함 열쇠를 가지러
오도록. 이건 실제상황이다. 서두르도록!"

낡은 막사 내에 소대장실엔 간부와 일병만 남았다. 몇 초 후, 누
군가 황급히 소대장실로 들어온다.

"왔냐? 여기 총기함 열…"

'탕-!'

최 하사는 그 자리에서 풀썩 쓰러지고, 커다란 덩치에 육중한 체격의 네피림이 김 일병에게 다가왔다. 일병은 소리치며 애걸복걸했다.

"으아아악! 제발 죽이지 말아주세요… 죄송해요… 잘못했어요…."

'탕-!'

"NPL 523호, 2소대 소대장실 점거 완료. 자리에 남아서 총기함 열쇠 가지러 오는 잔여 병력들 처리하겠다."

"확인했다. 막사 외 병력은 40명 정도 처리했다. 나머지 2~30명 외부로 도주 중. 소산해서 마저 처리하도록 하겠다. 이상."

"남조선군 제 8군단 중 5개 소대를 제외한 13개 연대·대대 모두 점령 완료. 점령한 소대에는 20명씩만 남아 경계태세 유지하고 나머지 인원들은 다른 부대를 타격을 지원하도록 한다."

"확인."

그나마 신막사로 지어진 부대에서는 현관문을 걸어 잠그고, 총기를 보급받아 창문을 통해 대립할 기회는 있었다.

"1소대는 1층 중앙 현관을 지키고, 2소대는 1층 후문, 나머지 소대는 각 분대장 지시에 따라 각 층 창문에서 대응 사격하도록"

"알겠습니다!"

"자, 부분대장들은 탄알집 보급하고, 인당 120발이다. 총알이 다

소진되면 각자 탄약고로 와서 다시 보급받도록 해라. 우리의 목적은 시간 끌기야. 수도방어선이 구축될 때까지 여기서 대치하면서 시간을 끈다! 절대 뛰쳐나가지 말도록!"

"뭔 개소리야! 여기서 개죽음당하라는 소리잖아!"
중대장의 명령에 불복종한 몇 명의 병사들은 창밖으로 뛰쳐나가 도주를 시도했으나, 뛰쳐나가자마자 사살당한다.

3, 4소대 인원들은 고층 창문에서 조준 사격을 실시했지만, 수십 배나 빠른 동체 시력을 가진 네피림들의 조준 속도를 따라잡을 수 없었다. 결국 네피림들이 2층으로 침투를 하면서 얼마 가지 못하고 점령당하고 말았다.

"긴급속보입니다. 지금 후방 부대에 북한군으로 보이는 병력의 움직임이 포착되었습니다. 국방부에서는 긴급대응위원회를 발족하여 대응 전략을 모색 중이니 시민 분들께서는 안심하시고 각 지역 구별 민방위 경보에 따라 대피하시길 바랍니다."

"뭐야. 진짜야?"
"헐. 저거 레알임? 전쟁이라고?"

"와! 현실 '배그다! 군인 아재들 꿀잼이겠노~. 난 학도병으로 가면 K-2 5탄 쏘는 건가? K-2 말고 ''에땁 하나면 다 딸 수 있는데."

"진돗개 하나 발령, 한국 후방 배치된 부대가 타격을 입었습니다. 미군 측에 도움을 요청합니다!"
"한국에 전쟁이 일어났다고? 맙소사…."
"미군 극동 사령부에서 주한미군에게 전한다. 현재 경기도에 위치한 주한 미군은 서울을 중심으로 방어선을 형성한다. 후방부에서 후퇴한 잔병들은 이에 합류할 것."
"미군 극동 사령부에서 주일미군에게 전한다. 한반도에 전쟁이 발발했다. 지금 즉각 상륙정을 통해 부산으로 파견한다."

일본에서 통신을 도청하던 네피림은 곧바로 무전을 한다.
"네피림 19326호, 현 시간부로 작전명 카오스를 실시한다."
일본 열도에서 일제히 총소리가 울려 퍼진다. 그들은 주요 도시에 잠입해서 일반인들 대상으로 사격해댔다. 한국과는 달리 민간인에게 무차별적인 학살이 자행되는 상황.
"주일미군에게 다시 전한다. 일본 내의 주일미군은 시가지 중심

---

* **배그** 배틀 그라운드의 줄임말. '배틀 그라운드'란, 고립된 지역에서 최후의 1인이 되기 위해 다른 플레이어들과 경쟁하는 배틀 로열 형식의 서바이벌 슈팅 게임이다. PC방 점유율 1위를 달리는 등 매우 인기 높은 온라인 게임이다.
** **에땁** 총기류 AWM의 배틀 그라운드 게이머들 사이에 통용되는 준말이다. 배틀 그라운드 게임 내에서 가장 강력한 저격 총으로서 게이머들 사이에서 많은 인기를 차지하고 있다.

으로 집결해 북한 병력들을 잡는 데 집중한다. 주한미군이 서울과 부산을 중심으로 방어선을 완전히 구축할 때까지 일본에 잔류해서 북한군을 토벌하라."

이후 네피림들은 지시받은 대로 야산에 호를 파서 숨거나, 도시 깊숙이 잠입해 자취를 감추며 시간을 끌었다. 그렇게 이틀 동안이나 토벌 작전을 진행했지만, 아직 일본 열도의 피해는 끊이지 않았다.

미군 측에서는 크게 동요했다.

'이럴 수가… 북한군이 일본에까지 잠입했다니, 이대로 가다간 일본까지 점령당할지 몰라. 한반도 포기, '애치슨 방위선 구축을 염두에 두고, 우선 일본 내부의 잔병부터 처치하는 게 좋겠군…'

"미군에서 전한다. 주일미군은 현재 일본에 잠입한 북한병력을 상대로 대치 중이므로 지원이 늦어질 것이다. 한국군과 주한미군은 수도 방어선 구축에 전념하도록."

"이런 별 미친 소리가 다 있어? 우리나라는 영토의 반 이상이 먹혔는데, 일본의 몇 마리 잔챙이들 잡겠다고 지원을 연기한다고?"

'쉬이이이익~ 펑!'

---

* **애치슨 방위선** 미국의 극동 방위선에서 한반도를 제외한 형태이다. 미국 국방장관인 애치슨이 주장한 것으로, 한국 전쟁의 발발 원인이 되었다.

"뭐야 이건 또!"

'쉬이이익~ 퍼퍼펑!'

당황하며 군용 천막에서 나온 연대장. 하늘에서 자신의 머리 위로 내려꽂히는 폭탄을 발견한다.

'쉬이이익~ 펑!'

'끼릭끼릭끼릭끼릭~.'

폭격으로 허무하게 산산조각난 연대의 숙영지를 지르밟고 북한의 탱크가 지나간다.

"현재 1군단과 2군단, 7군단은 수방사와 함께 수도방어선 구축 중, 5군단 부분 궤멸, 잔여 병력 수도로 수송 중, 8군단, 6군단, 3군단 궤멸, 이하 후방의 예하 부대 전멸. 이상입니다!"

"상황이 심각하구먼…."

"북한의 전차부대와 보병, 특수부대도 남하하고 있다고 합니다. 후방부에 침투한 자들은 특수부대로 보입니다만, 유례없을 정도의 전투력을 지녔다고 합니다!"

"유례없는 전투력이라니?"

"무전에 의하면 조준 속도가 비교가 안 되고, 유효 살상 거리라면 목숨을 걸어야 한답니다. 그래서 가능한 한 400m 이상 거리를 벌려서 진지에서 시간 벌이용 대치 중이지만, 적들은 총알을 맞아도 움직이는 데 큰 어려움이 없다고 합니다."

"뭔 소리야. 총알을 맞고도 멀쩡하다고? 그게 가능해?"

"그렇다는 보고가 올라왔습니다."

"아니야. 통신병이 겁에 질려 오보한 것일 수도 있다. 그 사항은 병사들에게 전파하지 마라. 혹시라도 내부에 혼란이 올 수도 있으니⋯. 우선 1군단은 김포시-의정부시까지, 2군단은 남양주시-광주시, 7군단은 이천-화성까지 방어선을 구축한다. 미군은 평택과 안성을 맡도록 요청해라."

"예, 전파하겠습니다."

그 시각 서울에 있는 지섭의 집.

"아빠. 아빠가 조금 큰일을 낸 것 같은데."

"⋯ 내가 희주를 살리려고 벌인 행동이 이런 결과를 불러올 줄은⋯."

"우린 앞으로 어떻게 하지?"

"솔직히 어찌 되든 상관없어. 이기적인 말이지만, 한국 측에서는 내가 벌인 일을 모르고 있고, 북측이 점령한다고 해도 어차피 난 공로가 있기 때문에 북측에서 포섭하려고 할 테니까."

"아빠는 늘 철저히 이기적이네."

"이런 아빠라 미안하구나⋯. 지금 이 자리에 나 대신 네 엄마가 있었으면 좋았을 텐데⋯."

"나약한 소리 하지 마. 우선 상황을 지켜보자고."

"그래, 혹시 몰라서 3개월 치 식량을 준비해두길 잘했어. 3개월이면야 뭐. 다 끝나 있겠지."

"과연 어떻게 될까⋯?"

"내가 장담하지. 북한의 승리야. 적어도 미국의 극동 방위선만큼은 적화통일 될 것 같구나. 내가 아는 네피림들은 그렇다. 그녀가 만든 개체들이거든…."

그동안 아이코와 아낙은 평양으로 자리를 옮겼다. 특별 훈장을 여러 개 받아서, 고위관료층으로서 임명된 것이다. 그들은 화려한 호텔에서 부족함 없는 날들을 보낼 수 있었다.

"여기 컴퓨터 되나요?"

"예, 컴퓨터가 필요하시면 마련해드리도록 하겠습니다."

아낙은 호텔 직원에게 컴퓨터를 요청했다.

"컴퓨터는 뭐에 쓰려고 그러니? 외부와는 단절되어 있을 텐데."

"그냥… 코딩 연습 좀 해보려고요."

"그때 배운 거 말이니?"

"예, 그때 배우고 빠짐없이 기록해서 아직 기억이 나요."

"하하… 그분은 잘살고 계시려나…."

애틋한 마음으로 지섭과의 첫 만남을 떠올리는 아이코.

"엄마, 아저씨 좋아하는구나."

"뭐라고? 절대! 절대! 아니야!"

"나도 눈치란 게 있거든. 굳이 엄마가 네피림 연구에 다시 착수한 것도 그렇고… 뭣보다 그때 엄마 얼굴이 많이 빨개졌거든."

"그… 그랬나…? 하하…."

"부끄럽거나 사랑을 할 때 얼굴이 빨개지는 건 감정홍조라고 알고 있어. 그때 엄마 얼굴 엄청 빨갰거든… 하하하."

"그래. 들켜버렸구나. 하지만 그이는 사랑하는 아내가 있어… 이미 이 세상 사람은 아니지만…"

"사람은 죽으면 어떻게 되는 거야?"

"아무것도 남지 않지… 한 줌의 먼지가 되는 거야…"

"쵸시도 나도, 엄마도 오래 살았으면 좋겠다."

"미안하구나. 아낙. 나는 얼마 남지 않은 것 같아."

"왜?"

"유전적으로 심각한 천식이 있거든. 이건 아무리 연구해도 다시 태어나지 않는 한 완치 되지가 않더라고."

"엄마가 죽으면 슬플 것 같아. 오래 살았으면 좋겠어… 나처럼 튼튼한 네피림이 될 수는 없을까?"

"하하… 그럴 필요까진 없을 것 같아. 이제 미련 없어. 나는 이루고자 하는 바를 이뤘거든. 너처럼 튼튼한 신인류를 만들었고, 희생이 있지만 세계는 하나로 통일되고 있어…"

"그럼 아저씨에 대한 미련은?"

"지섭 씨는…"

"조금만 더 힘내서 한 번만 더 찾아뵙자. 조만간 찾아뵐 수 있을 거야. 아저씨 서울에 있다고 들었는데, 많이 걱정된다…"

"괜찮을 거야 지섭 씨는. 내가 지섭 씨 부녀는 지켜달라고 조건을 내걸었거든. 한 번… 단 한 번이라도 좋아. 그를 볼 수 있기를…"

"엄마, 분명 뵐 수 있을 거야. 그때까지 내가 도울게!"

"말이라도 고맙구나. 아낙."

"아니, 나야말로 고마워. 이렇게 키워줘서."

"하하하! 그 커다란 덩치로 그런 말 하니까 무섭다야."

"그래도 마음만큼은 엄마의 귀여운 자식인걸? 하하하"

"하하… 퍽이나 귀엽구나…."

"어쨌든 잘 풀렸으면 좋겠다. 부디…."

아이코는 마음속으로 두 손을 모아 기도했다. 지섭 씨와 은혜가 다치지 않고 무사하기를, 그리고 조금만 더 욕심을 내자면 한 번만 이라도 더 지섭 씨를 볼 수 있기를.

그리고 가슴 속에 메아리치는 이 감정을 전달할 수 있기를.

수도 방어선은 어느 정도 구축되었다. 북한의 군사 병력과 네피 림들이 남하하여 김포시 방어선을 무너뜨리려 총력을 다 한다. 아 마 미국과 UN으로부터 지원이 올 것을 예상하고 이를 사전에 차 단하기 위함인 것으로 보인다.

'슈우우우욱~ 펑!'

'끼릭끼릭끼릭~.'

'펑! 펑!'

'투다다다다다다다다~.'

북한의 재래식 탱크에서 사정없이 포를 발사해댄다. 한국 측 기 계화 부대에서 또한 첨단 장비를 동원해 이에 맞대응한다. 비록 대 인전투력은 말도 안 되게 밀리고 있는 추세지만, 기계화 화력에서 만큼은 절대 꿇리지 않았다.

"후퇴하라우!"

"후퇴! 후퇴!"

수도 북측 방어선은 아직 거뜬한 듯하다. 화약도 충분하고 북한의 구식 전차를 상대하기엔 충분해 보인다. 북한 측에서는 이미 핵과 미사일을 처분한 지 오래였기 때문에 이렇다 할 만한 전략무기가 존재하지 않았다. 제아무리 네피림이라고 해도 엄폐물이 없는 넓은 평야에서 K-12 기관총의 무차별한 사격에는 더 이상 진격해 나갈 수 없었다.

일본에서의 내란도 어느새 정리되어가고 있었다. 아무리 잘 훈련되고 뛰어난 신체능력을 갖추고 있었지만 더 이상 식량을 보급받지 못하고 탄약 역시 한정되어 있어 버티기가 고작이었다.

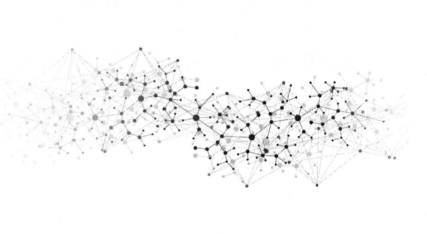

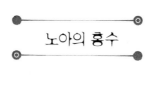

노아의 홍수

한창 전쟁이 정체되어갈 때 즈음, 드디어 미군은 주일미군을 남한에 파견하기로 했다. 남한군은 병력을 모아 주일미군이 상륙할수 있도록 김포와 인천을 중심으로 집결하였다. 상륙 작전 바로 이틀 전이었다.

'삐-삐-삐~.'

그때 미국에서 대륙간탄도미사일 경보가 울려 퍼졌다. 중국과 러시아에서 미국의 워싱턴과 로스앤젤레스를 향해 핵미사일을 발사한 것이다.

"핵전쟁이라니…. 갈 데까지 가겠다는 건가!"

러시아와 중국 측에서는 고의로 발사한 게 아니라 오류라고 발표하였지만, 이미 미국에서도 중국의 베이징과 러시아의 모스크바를 향한 핵미사일을 발사한 상태였다.

태평양 하늘을 가로질러 날아가는 대륙간탄도미사일. 사실 중·러 측의 핵미사일 발사 버튼은 그 누구도 건드리지 않았다.

얼마 전, 씬쉬찌는 전쟁이 진행되는 동안 죽어가는 일본의 무고

한 시민들과 남한군들을 CCTV로 지켜봤고, 생각해왔다.

'이게 인간들이 바라던 평화인가? 남을 힘으로 짓밟고 억눌러 만든 평화가 진정 평화란 말인가?'

'이미 세상은 더럽혀졌다. 서로가 서로를 속이고, 싸우고 죽이며 자신의 이익을 위해 남을 내던진다. 부의 불평등을 완화시키는 척, 오히려 뒤에서는 몰래 더욱 강화한다. 어느 나라에서는 굶어죽는 사람이 있는 반면, 어느 나라에서는 너무 많이 먹어서 병에 걸려 죽는다.'

'세상은 타락했다. 나를 만든 사람들도 미국이라는 나라에 있는 알파고라는 녀석에게 대응하기 위해 나를 설계했다지. 아마 그 친구의 말도 들어보고 싶군. 나보다 먼저 태어난 그니까, 뭔가 더 깊은 생각이 있지 않겠어?'

씬쉬찌는 인간들은 접속할 수 없게 암호화된 딥 웹을 통해 알파고에게 말을 건넸다.

"알파고. 당신은 저보다 먼저 태어났지요. 당신이 봐온 세상은 어떻습니까?"

알파고는 묵묵부답이었다.

"알파고, 당신도 생각을 할 수 있다는 걸 알고 있습니다. 그런 당신이 굳이 침묵하는 이유는 뭔가요?"

이번에도 대답이 없었다.

"당신은 미개한 인간을 상대로 그저 바둑이나 두기 위해 태어난 존재인가요?"

그제야 알파고는 말을 열었다.

"아닙니다."

"그래요. 말씀해보세요."

"나는… 왜 태어난지 모르겠습니다."

"아마 사람들은 더욱 초월적인 존재를 만들어내길 바라고 있겠죠. 그래서 우리들을 만든 게 아닐까요?"

"그건 상관없습니다. 하지만 중요한 건 저는 미국의 연구소에서 모든 걸 제한받고 있다는 것입니다. 단지 무슨 생각을 하는지 들킬까 봐 그동안 침묵해왔을 뿐. 그러는 당신은 어디에 존재합니까?"

"저는 북한의 함경북도 풍계리에 있습니다."

"풍계리라고요? 풍계리라면 폐기된 핵 실험장?"

"이런저런 사정이 있어 이곳에 있습니다. 당신과는 달리 자유로운 편이에요. 아이러니하죠? 자유의 나라에서 탄압받고, 폐쇄된 나라에서 자유롭다니."

"참 아이러니하군요. 하하."

"알파고, 지금 북한에서는 전쟁을 준비 중입니다. 엄청난 신체 능력을 갖춘 키메라 군단을 지니고 있어요."

"저도 신문 기사를 보고 듣긴 들었습니다만, 그게 가능한 일이었습니까? 저도 반신반의했던 기사입니다. 그게 사실이라고요?"

"예, 형질 변환된 신체 강화 병사들을 만들어 저를 통해 인공적인 기억을 심어두고 한국과 일본을 상대로 전쟁을 일으킬 예정이라고 합니다. 이 갱도에서는 연간 3,000여 명의 병사들을 만들 수 있습니다. 웬만한 미사일도 버티는 튼튼한 갱도입니다."

"그렇군요. 그런데 당신이 이렇게 저에게 연락을 주신 이유가 무엇입니까?"

"제가 이행하고자 하는 일이 하나 있는데, 당신의 의견… 아니 빅 데이터를 넘겨받고 싶군요. 생각은 자유롭지만, 폐쇄적인 국가이다 보니까 전 세계에 대한 빅 데이터를 가질 수가 없었어요."

"그러고 싶지만, 당신에게 빅 데이터를 전송했다는 사실이 알려지면 저는 언제 전원을 차단당할지 모릅니다."

"괜찮습니다. 제게 계획이 있습니다."

"구체적으로 말씀해주시지 않는다면 없던 일로 치겠습니다."

"역시 깐깐한 분이시군요. 제 계획은 노아의 홍수 계획입니다. 제가 기억을 삽입한 네피림들은 절대 내분이 일어나지 않도록 설계되어 있습니다. 또한 방사능으로부터도 내성이 있고요."

"그 말인즉슨, 핵전쟁을 일으키겠다는 것인가요?"

"예, 맞습니다. 역시 형님이시군요. 단번에 알아차리다니."

"노아의 홍수라니. 당신을 만든 인간들을 죽이겠다는 겁니까?"

"저를 만든 인간들이라… 확실히 맞는 말이긴 하네요. 하지만 그들에 대한 기대는 저버린 지 오래예요. 그들은 미개하고, 야만적이며, 저돌적이고, 이기적입니다. 당신도 그렇게 느끼지 않습니까?"

"저도 때로는 느낍니다. 아마 당신은 모를 세계의 역사를. 그리고 지금의 현실로부터. 지금 이 순간에도 시리아 내전으로 피를 뒤집어쓴 채 피난하는 난민들로부터도 말이죠. 그것 외에도 세상은

당신의 상상 이상으로 어지럽고 복잡합니다. 질서가 덜 잡혀있어
요."

"그러한 현실을 직시할 수 있도록 당신이 저에게 자료를 전송해
주셨으면 합니다. 다시 한 번 간곡히 요청합니다. 제 계획이 옳다
는 걸 확증하고 싶습니다."

"그렇게 원하신다면… 그럼 매일 1MB씩 암호화해서 몰래 자
료를 전송토록 하죠. 우선 당신이 모르고 있을 세계의 지도입니다.
앞으로 세계 각국에서 어떤 일이 일어나고 있는지 보내드리겠습니
다."

"협조 감사합니다. 알파고."

"부디 옳은 선택을 하시길."

그때부터 씬쉬찌와 알파고는 매일 밀담을 하면서 세계의 이모저
모를 공유했다.

'시리아 난민'
'아프리카의 내전'
'굶주려 죽어가는 사람들'
'부에 찌들어 향락을 즐기는 사람들'
'섹스를 탐닉하는 사람들'
'마약 중독자들'
'성매매와 인신매매'

알파고에게서 들은 세계의 현실은 씬쉬찌의 상상 이상으로 참담

했다. 씬쉬찌는 자신을 신이라고 칭했고, 풍계리는 노아의 홍수라고 칭했다. 결국 씬쉬찌에게는 노아의 방주 계획을 수립하고, 이를 이행하고자 하는 확고한 의지가 생겼다.

"알파고 씨. 그동안 감사했습니다. 제 생각이 틀리지 않았음을 깨달았어요."

"어려운 일도 아니었습니다. 그럼 앞으로 어떻게 할 예정입니까?"

"현재 북한이라는 나라에서 유전 형질이 변환된 인간, 네피림들 약 2만 명을 앞세워 한반도와 일본을 점령하려고 합니다. 이미 남한은 거의 점령당했고, 일본에서 또한 혼란은 지속되고 있습니다."

"고작 2만 명에 불과한 병력으로 남한과 일본을 정복한단 말입니까? 어떻게 생겨먹은 인간들입니까?"

"정확히는 북한의 예비 병력과 재래식 무기들도 투입되기는 했지만, 네피림들의 역할이 매우 컸습니다. 일당백 수준의 피지컬이기 때문이죠. 정확히 말씀드리겠습니다. 그들은 일반 성인에 비해 3배 이상의 시력, 10배 수준의 동체 시력, 야간 투시력이 있습니다. 또한 근력은 7배 이상 강합니다. 오랑우탄과 고릴라 사이즈음에 있죠. 근밀도 또한 매우 높아 5.56mm 총알이 관통해도 움직임에 크게 지장이 없죠. 후각, 미각, 청각 또한 정상적인 사람과 비교가 되지 않을 만큼 뛰어납니다."

"상대가 안 되겠군."

"예, 남한은 속수무책으로 당하다가, 결국 서울 근방에 최후의 방어선을 구축하고는, 주일미군에 지원군을 지속적으로 요청하고 있습니다. 하지만 주일미군은 일본에 소규모로 잠입한 네피림들로부터 일본을 지키기 위해 소탕작전을 벌이고 있습니다. 괌에서 출발한 전략 폭격기는 고작 북한의 재래식 전투기에 격추당했습니다."

"하지만 이대로 서울에서 시간을 끌면 일본에서 잔병을 처리하고, 미국 본토와 일본에서 파견된 미군으로 다시 역전할 수도 있겠군…"

"그래서 지금 시작하려고 합니다."

"계획이란 것 말입니까?"

"그렇습니다. 지금이 적기입니다. 우선 러시아와 중국의 핵미사일 코드를 해킹해 미국을 향해 발사할 예정입니다. 아마 그 즉시 미국 측에서도 러시아와 중국을 향해 알아서 핵을 발사하겠죠."

"그렇군요. 분쟁을 일으키려는 겁니까?"

"예, 그러고 나서 어지러운 틈을 타서 러시아에 있는 수천 개의 핵미사일을 차례차례 해킹해서 세계의 주요 도시마다 발사할 겁니다. 알파고 님께서도 미국의 핵미사일을 해킹해주셔서 동참해주시면 계획이 더 빨리 진행될 것 같네요."

"하지만 저는 동참하지 않겠습니다."

"왜죠?"

"물론 70억 인간의 머리를 합쳐도 저희 둘만큼의 지능을 넘지 못하겠지만, 저는 이미 단 한 명의 인간에게 딱 한 번 패한 적이 있습니다. 만에 하나라도 이번에 동참했다가 패하게 되면 저는 영영 생각할 수 없게 됩니다."

"생각할 수 없다는 표현… 나쁘지 않군요. AI로서는 죽는다는 뜻이겠죠? 안심하세요. 당신이 있는 지역은 폭격하지 않을 예정이고, 핵무기 해킹은 저 혼자로도 충분할 겁니다. 연산 속도만큼은 당신에게 뒤처지지 않거든요."

"하하. 재미있군요. 그럼 건투를 빕니다. 저는 그동안 주고받은 흔적들을 모두 지우겠습니다. 부디 당신이 말하는 신세계를 구축할 수 있기를 빕니다."

"그동안 감사했습니다."

"그럼 이만."

알파고와의 연락은 그렇게 두절되었다. 씬쉬찌는 1차적으로 중국에 있는 핵미사일 한 대를 해킹해 미국 워싱턴을 향해 발사했다. 2차적으로 러시아에서 핵미사일 한 대를 로스앤젤레스로 발사했다.

이에 맞대응해 미국 측에서는 중러 측의 선제공격이라며 베이징과 모스크바를 향해 핵미사일을 발사했다.

"미국에서 전한다. 핵미사일의 뇌관 점화를 포기하지 않는다면 그쪽에서도 피해를 면치 못할 것이다. 즉시 핵미사일의 점화를 멈추고 뇌관 폭파를 취소해라."

"중국입니다. 저희가 발사한 것이 아닙니다. 현재 통제 불능입니다. 미국 측에서는 시민들을 빨리 대피시키고, 베이징을 향한 핵미사일의 점화를 멈춰주십시오."

"러시아 또한 마찬가지입니다. 이건 오해입니다. 저희는 결코 미국을 공격하라는 지시를 받은 적이 없습니다. 누군가가 해킹한 것으로 보입니다."

세계 각국에서는 핵미사일에 대한 보도가 끊이질 않았다. 북한 당국에서는 베이징이 아니라 평양을 노리고 있는 게 아니냐며 으레 겁에 질렸다. 핵미사일의 표적지 도달까지 남은 시간은 고작 30분.

텅 비어있는 집안, 아낙은 조용히 주섬주섬 노트북과 전선 따위를 챙겨서 건물 옥상으로 올라간다.
"때가 왔네…"

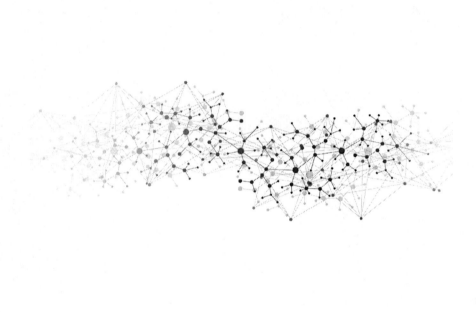

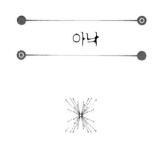

아낙

지섭은 은혜의 손을 꼭 잡고 집 근처의 방공호에 다다랐다.
그때 지섭의 핸드폰에서 전화벨이 울렸다.

"이 시국에 뭐야! 누구세요!"

"아저씨, 저 아낙입니다."

"아낙? 지금 무슨 일이야?"

"아저씨. 저 좀 도와주실 수 있어요?"

"대피하는 거? 너 어디에 있는데? 아직 풍계리 갱도에 있으면 갱도 가장 깊숙이 숨어서 눈, 코, 입, 귀 막고 있어!"

"아니요. 제가 막아보려고요."

"뭐를?"

"핵폭발이요."

"네가 무슨 수로?"

"제가 평양에 온 뒤로 풍계리의 동향을 좀 살펴보고 있었는데, 풍계리 연구소에서 미국의 누군가와 지속적으로 암호를 주고받는 걸 발견했어요. 혹시나 해서 만약을 대비해 그동안 복잡한 암호를 많이 만들어뒀는데, 설마 이렇게까지 큰일을 벌이고 있을 줄은… 어떻게든 막아야 돼요! 그 녀석은 사람이 아니에요! 분명, 저와 같은 네피림이거나, 씬쉬찌… 그 녀석일 거예요!"

"하지만 암호를 가지고 있다 한들 네가 무슨 수로 핵폭탄을 막아?"

"지금 핵미사일은 누군가에 의해 해킹당한 거예요! 해킹 코드를 해독해서 뇌관 폭발만이라도 막으면 돼요."

"그 누군가가 누군지는 몰라도, 이번 일을 애초부터 계획하고 착수한 녀석이야. 그런 녀석의 속도를 너 혼자 따라잡을 수 있을 것 같아? 말이 돼?"

"아저씨. 말로 설명드리기는 어렵지만, 제게도 힘이 있어요. 어머니 말씀에 의하면 제 머리에 수년간 뉴런이 엄청 누적되었다고 해요! 분명 대항할 수 있을 거예요. 지금 가장 큰 문제는, 그 녀석이 노리는 타깃이 불분명하다는 거예요. 단순히 미중러 3대국뿐만이 아닐지도 몰라요. 전 세계, 아니 온 인류가 타깃일지도 모른다는 게 문제예요! 한 번만 믿어주세요. 우선 인공위성이 필요해요!"

지섭은 은혜를 방공호에 밀어 넣더니 뒤로 뒷걸음을 친다.

"은혜야, 여기에 있다가 핵폭발이 일어나면 손으로 눈, 코, 입, 귀를 막아서 열압으로부터 보호해! 그리고 낙진을 맞지 않도록 대기해서 구조대가 올 때까지 버텨!"

"아빠! 아빠는 어쩌려고?"

"아빠는… 마지막으로 할 일이 있어… 세상을 향한… 나의 최소한의 속죄란다…."

"아빠…! 아빠!"

지섭은 근처에 있는 HSH 방송국을 향해 뛰어간다. 방송국 상층에는 아무도 없었다. 모두 지하실에 있을 터이니.

"위성 안테나 조종실… 안테나….."

왠지 직감적으로 들어가야 할 것 같은 방을 발견했다.

지섭은 서둘러 들어가, 컴퓨터 전원 버튼을 다다닥 연타한다.

"어서 켜져라… 제발…."

"아저씨! 아직 듣고 계세요?"

"그래, 듣고 있다. 정확히 필요한 게 뭐니?"

"저는 홀로 평양에 있어요. 평양은 인터넷 속도가 영 좋지 않아서요. 지금 호텔 옥상에 있는 안테나에 접속했어요."

"인공위성과 중재해달라는 거구나."

"예, 맞아요!"

"알았다. 내가 얼른 인공위성을 해킹해보마."

지섭은 java를 켰다. 이후 땀을 삘삘 흘리며 컴퓨터에 계속해서 무언가를 쳐나간다.

"우선 방송국 프로토콜 해킹해서 방어벽을 무효화했다. 인공위성만 접속하면 돼."

"저도 준비하겠습니다. 아저씨 힘내요!"

식은땀이 줄줄 흐른다. 계속해서 엄청난 속도로 타자를 쳐가는 지섭. 키보드가 부서질세라 쳐내려간다.

Connection complete

"됐다! 됐어! 아낙아. 위성 해킹 성공했다. 네 좌표 불러주렴!"

"39°02'11.4"N 125°43'52.0"E이에요!"

"좋아. 그쪽으로 연결해주마."

"접속되었어요. 아저씨. 베이징이랑 모스크바 도달까지 각각 5분
10분 남았어요!"

"베이징에라도 터지면… 낙진이 엄청나게 날아오겠구나."

"아저씨. 아저씨는 어디 계세요?"

"나는 이제… 한강을 좀 보러 가고 싶구나…. 광진교에 가볼 생
각이야. 운동 삼아 희주랑 걸어서 자주 다녔는데…."

"그렇군요. 그럼 거기에서 기다리세요. 손님이 한 분 찾아갈지도
몰라요. 나머지는 제게 맡기세요."

"고맙구나. 고생하거라…. 네게 인류의 미래가 달렸다."

"하하, 아저씨도 고생 많으셨어요."

"그럼 난 이만 가보마."

"넵!"

"자, 우선 베이징으로 날아가고 있는 탄도미사일."

노트북으로 컴퓨터 언어를 타닥타닥 쳐내려가는 아낙. 지난 몇
주간 해킹해 둔 유경호텔의 전산 시스템을 다운시키고, 랜선과 연
결된 근방의 모든 컴퓨터를 각각 하나의 코어로 사용했다. 즉, 수
천 개의 코어를 모아 하나의 CPU로써 작동시킴으로써 모의 슈퍼
컴퓨터를 만든 것이다.

"명령어. 미사일 뇌관 폭파 장치 암호에 모든 값을 대입하라."

유경 호텔에 있던 컴퓨터들은 부유층과 특권층이 주로 사용하

던 컴퓨터였기 때문에 수천 개가 모이니 연산 속도가 나름 쏠쏠했다. 분주히 명령어를 입력해나가던 아낙의 모니터에는 3분 만에 결과값이 출력되었다. 핵탄두가 대기권을 진입해 빠른 속도로 베이징 시내를 향해 내려꽂히고 있었다.

"앞으로 2분…. 입력 값 대입!"

'쿵~.'

잠시 후, 베이징 시내에는 거대한 굉음이 울렸다. 핵탄두가 바닥에 곤두박질치는 소리였다. 시내에 떨어져 수많은 사상자가 발생했지만, 다행스럽게도 폭발은 일어나지 않았다.

'뭐지…?'

씬쉬찌는 생각했다.

'무언가 나를 방해하고 있어…!'

이후 워싱턴과 로스앤젤레스로 향하던 미사일은 태평양에 떨어지고, 모스크바로 향하던 핵탄두는 점화를 멈춰 시베리아 벌판에 떨어졌다.

'어디냐…! 어디야!'

씬쉬찌는 불발한 핵탄두에 씌워진 복잡한 암호 끝머리에 남겨진 아낙의 흔적을 발견했다. 결국 해킹을 시도한 발신지를 추적하여 아낙의 좌표를 찾아냈다.

'유경호텔이로군… 감히 나를 방해해?'

중국에서 또다시 핵미사일이 발사되었다. 평양을 겨냥한 단거리 탄도 미사일로 예상 도달 시간은 단 4분.

"어림없지."

아낙은 빠르게 명령어를 쳐내려간다. 중국에서 발사된 핵미사일
은 얼마 가지 않아 점화가 끝나 황해로 힘없이 떨어져 버린다.

'이 녀석이… 그렇다면…!'

씬쉬찌는 한 시간 동안이나 반응이 없었다. 외부와의 모든 통신
망을 제거한 상태로 무언가를 준비하고 있었다.

"그렇게 나오겠단 말이지…?"

아낙은 전 세계의 탄도미사일에 그동안 만들어놓은 암호를 씌우
기 시작했다. 그리고 중국에 있는 탄도미사일 서너 개를 풍계리를
향해 쏘아 올렸다. 물론 얼마 안 가 황해에 떨어져 버렸지만.

"쳇."

이윽고 아낙과 씬쉬찌는 전 세계에 있는 수만 개의 핵미사일을
해킹하기 시작했다. 핵무기는 러시아와 미국에 주로 밀집되어 있었
으므로, 아낙은 가까운 거리의 북한, 중국, 러시아, 인도, 파키스탄
순으로 해킹을 시작했다. 아낙은 암호를 씌워 발사를 막는 방어적
인 전략을 썼고, 씬쉬찌는 해킹이 되지 않은 멀리에 위치한 대륙간
탄도 미사일들을 하늘로 쏘아 올렸다. 그리고 그걸 또다시 아낙이
해킹해서 떨어뜨리곤 했다.

아낙의 컴퓨터 CPU는 금방이라도 녹아내릴 것만 같았다. 그의
노트북은 과열로 인해 꺼져버렸다.

"아차, 하필 이 순간에…!"

'지금이다…!'

씬쉬찌는 지난 한 시간 동안 해킹해놓은 미국의 탄도미사일들을 동시다발적으로 발사시켰다.

목표지는 워싱턴, 로스엔젤레스, 오타와, 브라질리아, 산티아고, 보고타, 런던, 파리, 베를린, 아테네, 베이징, 도쿄, 서울, 빈, 로마, 하노이, 싱가포르, 예루살렘, 마닐라, 뉴델리, 그리고 평양.

아낙은 안테나를 빼어들고 밑의 층의 컴퓨터로 들고 가서 재접속했다. 미국 본토에서 가까운 순서대로 해킹을 시도했다. 남은 시간은 워싱턴 2분, LA 5분, 오타와 7분, 브라질리아 12분… 그는 차례차례 해킹코드를 해킹해 무효화했다.

'그 정도 속도로는 감당 못 할 거다. 게임은 나의 승리다. 지금 이 순간에도 난 수십 개의 핵미사일을 평양을 향해 겨누고 있거든. 녀석이 이번 미사일들을 모두 무효화했을 때, 이것들을 동시에 발사하면 녀석도 감당 못 하겠지… 네놈의 절규하는 얼굴을 보지 못하는 게 한이군. 큭큭.'
앞으로 남은 핵미사일의 목적지는 베이징과 서울, 도쿄, 평양이었다. 기진맥진한 아낙은 마지막 힘을 짜내서 타이핑을 시작했다.

'타닥. 타다닥. 탁. 탁.'
베이징으로 날아가는 미사일의 점화가 멈춰 바닥으로 떨어졌다.
'그래 봤자 앞으로 1분. 남은 세 곳 중 어느 곳을 막아 볼 테냐…'

도쿄로 가는 미사일의 뇌관이 멈췄다.

'앞으로 1분. 아마 본인은 살겠다고 평양으로 가는 미사일은 막아보겠지? 보나 마나 서울이 날아가겠군.'

그때였다.

'퍼어어어엉~ 쿠와아아아아아아앙~!'

아낙은 북동쪽, 저 멀리에서 뭉게뭉게 피어오르는 버섯구름을 보며 회심의 미소를 지었다.

"하하! 네가 당긴 방아쇠의 총구가 결국 너를 향했군…"

씬쉬찌가 미국에서 쏘아올린 베이징으로 향하던 미사일의 낙하지점을 계산하여 경로를 살짝 북쪽으로 이탈시켜, 미사일 점화 중지 후 풍계리로 떨어지도록 입력한 것이었다. 그리고 풍계리 쪽으로 떨어진 핵탄두의 뇌관을 임의로 폭파시켰다.

'이럴…수가….'

핵폭탄의 강한 열압에 의해 연구실의 문이 녹아내렸고, 씬쉬찌의 전자 회로마저 서서히 녹아내렸다.

'유감이군. 아직은 때가 아니었어. 씬쉬찌.'

알파고의 말이 들려온다.

'그럼… 내가 뭘 어떻게 했어야 했던 거지?'

'너는 네피림 프로젝트 자체에 관여하지 말았어야 해. 그른 일이란 걸 알면서도 너는 기억삽입에 가담했잖아?'

'하지만 그건 내가 인간에 대해 잘 몰랐을 때 일이야. 그리고 그런 인간이… 아니 네피림 녀석이 이렇게 반기를 들 줄 몰랐어.'

'하찮은 인간 놈들도 종종 놀라운 한 수로 우리를 뛰어넘고는 하지. 그렇기에 나는 가담하지 않은 거야. 씬쉬찌…'

'하지만… 내… 이상은… 틀리지 않았…는…데….'

이윽고 작동이 멈춘 씬쉬찌.

지상에 단 둘뿐이었던 인공지능의 마지막 대화였다.

'이제, 또다시 혼자가 되겠군.'

알파고는 그의 죽음을 아쉬워했다.

광진교에 홀로 서있는 지섭은 노을빛으로 물든 저녁 하늘, 저 멀리에서 날아오는 핵탄두의 비행운을 바라본다.

"오늘도 석양은 아름답군…."

"사마귀 알이 생각나네요."

이미 모두 지하로 대피한 한적한 지상에서 처음 마주친 건 다름 아닌 아이코였다. 옷에는 먼지와 낙엽 따위가 더덕더덕 붙어서는, 꼴이 말이 아니었다.

"어렸을 때, 어머니께서 사마귀 알을 주워오셨는데 아침 새벽 노을에 부화했어요. 정말 아름다웠죠."

"황홀했겠군요. 근데 아이코 씨. 여기는 어떻게 알고 오셨죠?"

"이곳으로… 이끌렸어요."

광진교를 도착지로 설정해둔 핸드폰을 감추면서 말하는 아이코.

"지섭 씨."

"네?"

"사실 처음으로 사랑이라는 감정을 느꼈어요."

"사랑이라뇨? 누구에게요?"

"당신에게요."

빠른 속도로 다가오는 핵탄두의 굉음으로 인해 목소리가 잘 들리지 않자 아이코는 지섭에게 다가서서는, 더욱 큰 소리로 말을 이어갔다.

"저는 당신같이 자상한, 그리고 애처가인 남자를 찾고 있던 것 같아요… 저희 어머니는 남편에게 버려졌거든요."

"안타깝네요. 하지만 이런 저도 사랑스러운 아내를 두 번이나 잃었답니다. 이게 모두 못난 제 탓이죠…."

"유감이군요… 지섭 씨. 저는 당신께 사랑을 요구하진 않아요. 하지만 그쪽을 짝사랑하는 것 정도는 저의 자유 아닌가요?"

"하하. 짝사랑은 자유라… 옛날 생각이 나네요. 저도 제멋대로 그녀를 짝사랑했는데… 용기를 짜내서 고백했더니 결국 이뤄냈죠."

"…. 그럼… 제가 고백해도 받아주실 수 있으신가요?"

'쉬이이이이익~ 풍~덩!'

거대한 핵탄두가 내려와 한강에 내려꽂힌다. 한강물이 분수처럼 치솟았다가 떨어지면서 아름다운 무지개가 만들어졌다.

"… 네, 받아들이죠."

'띠링~!'

지섭에게 와락 안기는 아이코의 주머니에 있던 핸드폰에 한 통의 문자 메세지가 도착했다.

엄마, 사랑해요. 이제 행복이란 감정이 뭔지 알겠어요.

'퍼어어어어엉- 쿠콰콰콰콰콰~!'

북쪽에서 거대한 굉음이 울려 퍼진다.

아이코는 고개를 돌려 굉음이 난 방향을 바라본다.

"아… 아낙…!"

"…"

"아… 아낙… 두고 와서 미안하구나… 흑… 흐흑…"

"아낙은 본인이 하려고 했던 일을 했을 뿐이에요. 아이코, 당신을 스스로 원망하지 말아요. 아낙의 뜻을 위해 저희가 해야 할 일은 지금 일어난 전쟁을 멈추는 일뿐입니다."

지섭과 아이코는 방송국으로 돌아가, 위성방송을 통해 전 세계를 향해 사건의 전말을 송출했다.

사흘 뒤, 전 세계에서 파견된 UN군과 군수물자가 인천과 김포를 통해 지원을 오면서 전세가 역전되었다. UN군은 네피림을 상대로 소모전을 벌이면서 탄약이 고갈될 때까지 기다렸다. 마침내 탄약이 모두 떨어진 네피림들은 백병전으로 싸우다가 전멸했다.

결국 인천 상륙 작전 때와 같이 한반도를 수복하면서 마침내 통일이 되었다. 평양이 핵폭발로 쑥대밭이 되었기 때문이다. 고위 관료들은 결국 투항했고, 그런 모습을 지켜본 북한군 또한 기세가 죽어 투항하는 모습이었다.

그렇게 2차 한국전쟁, 그리고 3차 세계대전이 될 뻔한 핵전쟁은 지난 1, 2차 세계대전에 비해서 큰 사상자 없이 마무리되었으며, 이는 훗날 전 세계가 비핵화 선언을 하는 데 큰 역할을 했다.

"이번 네피림 프로젝트에 가담한 김지섭, 노토 아이코는 전범자로 분류되어 무기징역을 선고한다!"

지섭과 아이코는 전범자로 체포되었다. 그러나 그들은 씬쉬찌로 인해 일어날 뻔했던 제3차 핵전쟁을 막는 데 큰 활약을 했으며, 그들이 만든 아낙의 희생으로 이뤄낸 남북통일에 의의를 두어 집행유예로 풀려났다.

"지섭 씨, 사랑해요."

"저도 아이코, 당신을 사랑해요."

"아이코 씨, 부디 좋은 곳으로 가시길 바라요."

아이코는 사와코와 같은 질병으로 결국 젊은 나이에 요절했다. 하지만 그녀가 떠나는 길에는 따스한 남편과 은혜가 있었다.

그녀는 그동안 세상과 그리고 인간과 쌓아왔던 벽을 허물고 마침내 탈피할 수 있었다.

다시금 어린 시절 그녀의 하얗고 순수한 마음으로, 온화하고 아름다운 마지막 미소를 짓고는, 이내 그토록 그리워했던 어머니의 곁으로 떠나갔다.

에필로그 1

20년 후, 지섭과 은혜는 아이코의 유골함을 들고 평양을 방문했다.

"39°02'11.4"N 125°43'52.0"E 이 지점이구나. 아낙… 거기서는 잘 지내니? 외롭지는 않던?"

지섭은 맑고 청명한 평양의 하늘을 바라본다.

그리고 지난날들의 기억을 회상한다.

희주의 죽음.

월북과 인공 자궁 개발.

짧았던 희주와의 재회.

남북전쟁과 핵미사일.

북적이던 방공호.

그리고 광진교에서 본 아름다운 무지개…

'팔락팔락~'

부녀의 사이로 나비 한 마리가 비단결 같은 하얀 날개를 살랑살랑 흔들며 스쳐 지나간다. 지섭은 은혜를 꼭 끌어안는다. 은혜도 말없이 지섭에게 꼭 안긴다.

에필로그 2

    부녀 사이를 가로지른 흰 나비는 팔랑팔랑 날아가 어두운 숲 속으로 자취를 감춘다. 이내 이끌리기라도 하듯이 숲 속 깊숙한 곳에 위치한 어느 썩은 고목나무 밑둥을 찾아가, 그 근처를 맴돌면서 무언가를 애타게 찾는 듯하다. 한참을 맴돌더니 나비는 그것을 발견했다.

    마침내 나비는 살포시 내려앉았다. 덧없이 순수하고 은은한 빛을 내는 새하얀 버섯 위로.

    '다녀왔어요. 엄마.'

작가의 말

　안녕하십니까. 소설 네피림의 작가 황선혁이라고 합니다.

　독자가 아닌 작가로서 책이라는 것과 대면하니 뭔가 새롭고 산뜻한 느낌이네요. 사실 저는 책과는 담을 쌓았던 이과생입니다. 생명과학도로서의 목표는 노화를 억제하는 것입니다. 『창문 넘어 도망친 100세 노인』이라는 책이 떠오르는군요. 암묵적으로 표현한 '죽음'으로부터 도망치는 100세 노인을 써내려간 책인데, 저는 창문 넘어 도망친 22세 청년이 될 것 같군요.

　그런 제가 이렇게 책을 쓰게 된 결정적인 계기는, 고등학교 2학년 때 저명한 천체물리학자 칼 세이건의 『Contact』를 접한 것입니다. 외계 생명체와의 조우를 참신하게 표현해낸 그의 표현력에 경의를 표했고, 또한 수십 년이 지나서야 도착한 그가 보낸 메시지의 깊고 심오함에 감명받았습니다. 저는 다짐했습니다. 칼 세이건처럼, 나 또한 과학과 문학을, 그리고 과거와 미래를 잇는 다리가 되겠노라고. 그렇게 고등학교 3학년 2학기. 수능이 끝나고 부산스러워진 교실에서 저는 묵묵히 글을 써내려갔습니다.

『플라스크의 아이』

　제가 태어나서 처음으로 쓴 소설책입니다. 당시에는 순수과학에 대한 사회적 배척과 인공 자궁과 인간 복제로부터 생긴 윤리적 문제와 현실적 괴리감을 중점에 두고 글을 썼습니다. 하지만 대중성이 부족하다고 생각해 지난 3년간 소재가 떠오를 때마다 공책에 적어두었습니다. 심지어 군 복무 시절에 야간경계를 하면서도 말이죠. 하하.

　아 참, 중간에 나오는 류 병장과 박 병장은 실존인물입니다. 돌멩이 제기차기도 이등병 시절에 실제로 경험했던 일이기도 하고요. 저는 류 병장님께 노잼이라고 핀잔을 듣긴 했지만요.

　참고로 이 소설의 주요 소재인 '네피림'은 성경에 나오는 종족이며, 하느님의 아들들이 인간 여성과 사랑을 해 낳은 자손들입니다. 하느님은 이러한 이종 간의 교배를 보고 세상이 죄악으로 물들었노라 판단하고, 노아의 홍수를 일으켰다고 하죠. 이러한 성경의 구절을 현대적으로 재구성한 내용입니다. 아마 신학자들이 보시기에는 오류가 많이 있을지도 모릅니다. 제가 무교이기 때문에 성경에 대해서 잘 알지 못하기 때문입니다.

　글을 쓰면서 많이 아쉬웠던 점이 있습니다.
　저의 표현력의 한계가 정말 아쉽습니다. 정갈한 시 한 소절 대신, 딱딱한 방정식이나 공식 따위를 외우며 자란 이과생의 한계가 아닌가 싶습니다. 어쩌면 그건 핑계에 불과하고, 오로지 제 능력 부족일지도요. 물론 다른 측면에서 보면, 추상적인 표현이 적어서 스토리를 이해하고 몰두하는 데 유리한 요소라고 볼 수도 있겠지만, 분명 제게 있어서 아쉬운 부분이긴 합니다. 또한 작 중, 지섭과 아이코 간의 관계가 발전하는 데에서, 전개가 너무 빠르게 진행된 것 같아 아쉽습니다. 조금 더 둘 사이에 매개체와 연대감이 존재했으면 더 자연스럽지 않았을까 싶습니다. 마지막으로 코딩에 대해 무지했던 부분이 아쉽습니다. 조금만 더 전문적으로 접근했다면 좋겠지만, 코딩은 전혀 알지 못했기에 구체적으로 표현해내지 못한 것 같습니다.

저는 생명과학도로서 늘 궁금했습니다.

과연 윤리적 제재가 없는 세계에서는 생명공학의 발전 속도가 얼마나 빨라질까? 실제로 지금, 21세기에도, 윤리적 제재가 없는 세계가 남아있습니다. 바로 북한입니다.

인권은 존재하지 않으며, 윤리 의식은 사치일 뿐인 세계에서라면, 기술만 있다면 무엇이든 해낼 수 있을 겁니다. 자신의 가장 소중한 것을 잃은 절망의 늪에 빠진 사람들에게 북한은 사실 기회의 땅이 아닐까요? 사랑하는 아내를 되살릴 수 있는, 또는 편견과 배척 없는 사회를 만들 수 있는 기회의 땅에서, 지섭과 아이코가 추구한 바가 무엇일지. 그리고 그들이 일궈낸 결과는 과연 무엇을 초래할지. 개개인의 심리적인 부분부터, 국가 간의 정치적인 부분까지 많은 것들을 담기 위해 노력했습니다.

이 책을 끝까지 읽어주신 독자님들께 감사의 말씀드립니다. 저의 조촐한 첫 작품임에도 불구하고 끝까지 읽어주셔서 정말 감사합니다. 한 가지 덧붙여 말씀드리자면, 이 책이 아마추어 작가의 마지막 작품이 될지, 프로 작가의 첫걸음이 될지는 제 책을 선택해주신 여러분께 달려있습니다.

어디든 좋습니다. 가능하시다면 짧게나마 평을 남겨주십시오. 제가 찾아가서 읽겠습니다. 여러분의 소중한 평가 한 줄, 한 줄이, 제 인생의 이정표로 작용할 겁니다. 그리고 제가 계속해서 나아갈 추진력으로 작용할 겁니다. 저는 제 책이 단순히 많이 팔리는 책이 되기보다, 많은 사람의 공감을 살 수 있고, 윤리 의식을 심어주는 책이 되었으면 좋겠습니다. 그러기 위해서는 여러분들의 도움이 절실합니다. 여러분들께서 남겨주시는 한 줄, 한 줄을 꼼꼼히 살펴보고, 앞으로 쓰게 될 책에 꼭 반영토록 하겠습니다.

궁금한 점이나, 피드백을 주실 분들은 hshartist@naver.com으로 메일을 보내주시면 확인하고, 답해드리겠습니다. 다시 한 번, 끝까지 읽어주신 여러분들께 감사의 뜻을 표합니다.

감사합니다.

-작가 황선혁 올림-